LOCUS

LOCUS

LOCUS

LOCUS

Marriage Is Uncool ?

不婚年代的戀愛哲學

catch 22

Marriage Is Uncool？

不婚年代的戀愛哲學

朱衣／著

責任編輯：韓秀玟
美術編輯：何萍萍
法律顧問：全理法律事務所董安丹律師
出版者：大塊文化出版股份有限公司
台北市117羅斯福路六段142巷20弄2-3號
讀者服務專線：080-006-689
TEL：(02) 29357190　FAX：(02) 29356037
郵撥帳號：18955675　戶名：大塊文化出版股份有限公司
e-mail:locus@locus.com.tw

行政院新聞局局版北市業字第706號

總經銷：北城圖書有限公司
地址：台北縣三重市大智路139號
TEL：(02) 29818089 (代表號)
FAX：(02) 29883028　29813049

初版一刷：1999年9月
初版 2 刷：1999年10月
定價：新台幣150元
ISBN 957-8468-95-4
Printed in Taiwan

目錄

黃昏的故鄉 5
愛不能有一點點背叛 10
瘋狂女子的冒險 16
妳的眼睛背叛妳的心 23
這是我的生存之道 32
開始時總是下著雨 42
你的眼光讓我執著 51
永遠專心寂寞地和你演戲 59
因爲愛妳而迷失 71
戀愛就像剪得太短的指甲 77
想過著冒著愛情泡泡的生活 85

好像連愛人也成爲一種弱點 93
在互相擁抱中變得越來越不了解 100
在好久以前我一定見過妳 107
讓昨天的雨水隨著河川流逝而去 114
夜裡也盛開的花兒是否也做了夢？ 121
陽光像是突然寄來的明信片般出現 128
愛情像是巧克力盒上的味道般不能持久 137
有隻酷似妳神情的貓擺在櫥窗裡出售 144
什麼都沒發生過，什麼事都別承認 153
尾聲 160

黃昏的故鄉

初雲是水瓶座的。

水瓶座的人總是想和別人有點不一樣。

其實她也不是故意的，因爲她一直就是想和別人同流合污，爲什麼最後會變得與眾不同？連她自己也沒搞懂過。

初雲其實長得不美，瘦削高䠷的身材，顯得骨架有點大。窄窄的臉龐，顴骨過高，看起來酷味十足。雖然初雲對自己的長相並不滿意，但是每個男人見了她都覺得她是不可多得的美人胚子。尤其是她化妝打扮過後，簡直是豔光照人，很少有人能不屈服在她的魅力之下。

就因爲這一點，初雲很早就明白，男人其實是很好騙的。

記得在唸小學的時候，初雲每天都會收到一朵茉莉花。但是一直到小學畢業，她都不知道是誰把花放在她的抽屜中的。

雖然初雲從小就不愁沒有男人緣，但是從大學畢業到現在，初雲卻連個男朋友也沒有交過，更別提結婚了。看到別人出雙入對的，初雲心中雖然羡慕，但外表還是一副很酷的樣子。她不想讓別人知道她也想交男朋友，想結婚，何況這是個不婚主義盛行的年代，太早結婚會被人笑話的。

其實除了初雲外，李家還有三個女兒，大姊碧月，比初雲大三歲，是四個姊妹中的大姊。初雲從小就仰慕碧月，除了碧月麗質天生外，她還很懂得追求自己想要的東西，而且最後總會達到目標。因此初雲總覺得碧月是幾個姊妹中命最好的。二姊秋菊大學畢業後在金融機構工作，有一個相交多年的大學時代的男朋友。初雲是老三，下面還有一個妹妹雅如，高職畢業後在一家藥廠工作，據說那個藥廠的老板有意到大陸去發展，雅如也興致勃勃的想跟進大陸。

這四個女孩子各有各的特點，但有一點相同的是都未婚，而且志願都是要嫁給一個有錢的男人。如果沒有達到這個目標，對於男人，她們可是寧缺勿濫的。

碧月就常和姊妹們說：「要嫁就要嫁給有錢人，而且最好兩個星期就搞定。拖長了恐怕會有變化。」

其實李家的這四個姊妹在年輕的時候並不十分明白金錢的價值與嫁給有錢的人的重要性。這一切都要從她們的母親說起。她們記得小時候跟著母親回南部外公的家。外公家在台南的鄉下，深宅大院，經常是人來人往的好不熱鬧。初雲隱約覺得外公家的桌子、椅子都和自己在新竹眷村家裡的家具不一樣。更別提吃的東西了，好像就是青菜豆腐，外公家的也特別有味道。

有一個黃昏，初雲和妹妹雅如在外公家後院的樹叢中玩躲貓貓。躲在一棵大樹後的初雲聽到兩個洗衣服的歐巴桑的對話：「當初滿香就是不肯聽老爺的話，拚死拚活要嫁給那個窮光蛋。」

「哦！剛才在這兒玩的兩個小女孩就是她的女兒囉！看起來髒兮兮的，眞是窮酸！」

初雲不敢吭氣。由這兩個人的對話，她好像明白了貧窮是種罪惡，是種疾病，而很不幸，她的家庭正沾染了這種罪與病。

初雲拉著雅如偷偷溜回媽媽身邊。遠遠的，她看到媽媽拎了個小包包正在四處張望。黃昏的故鄉，大片的彩雲照映出外公家斜斜的屋宇，幾隻倦遊歸來的燕子在巢中呢喃。母親的表情看起來有些憂傷，初雲不明白母親在煩惱什麼，但是隱約的，她知道一定是爲了她們家窮的事。

從那個黃昏以後，初雲慢慢懂事了。她有一點清楚了，原來外公家與自己家最大的不同就在貧窮與富有的差別了。

其實一直到初雲長大成人，初雲家的經濟狀況就從來沒有改變過。她們與外公家的距離也越來越遠，甚至搬到台北後，母親也不再回娘家了。

初雲有時候忍不住問母親：「媽！爲什麼過年都不回外公家了？」

「回去做什麼？外公外婆都去世了，我回去給人看白眼呀？」

「初雲！妳又在多事了。」碧月在一旁開口了。

「我只是問問嘛！」初雲嘟著嘴說。

「哎！跟妳們說也不會懂的。早知道我就不會嫁給妳們那個夭壽老爸了，現在搞不好還在享福呢！妳們給我聽著，將來要嫁人，一定要嫁給有錢人，不然我就不去參加妳們的婚禮！」

這是初雲第一次聽母親這麼說，原來鄉下阿巴桑的傳言果然是眞的。母親當年也是個不懂金錢價值的叛逆少女，如今嘗遍貧賤夫妻的苦澀滋味，才徹底明白，愛情不等於麵包，而沒有麵包，愛情也只是幻影而已。

因此，初入社會的初雲便將「嫁給有錢人」當作是人生的目標與戀愛的指標。

愛不能有一點點背叛

初雲的母親陳滿香出生在愛不能有一點點背叛的保守年代裡，因此初雲的大姊碧月常笑母親是「生活在想像中的女人」。因爲她們不管是愛或恨，都只敢用自己的想像力，而不敢用自己的實行力。

每當被女兒譏誚時，滿香則會頗爲不平地回道：「我可不像妳們這樣腦袋空空，還自以爲有腳踏實地的本錢。我當年可是不可一世的天之驕女，要不是嫁錯了妳們父親……」

「又來了！當初要嫁人還不是妳自己瞎了眼，能怪得了別人嗎？」這時二姊秋菊則會老實不客氣地頂撞回去。初雲和妹妹雅如則懵懵懂懂地跟著傻笑。

的的確在年輕的時候，滿香可是不輸給時下的年輕一族，她是當地出了名的叛逆少女。金牛座的滿香有那股金牛特有的蠻勁，她總是不安於室，當別的姊姊妹妹們還乖乖呆在家中學習家事或說長道短時，滿香早已衝到離家有一段距離的魚池邊摘花玩水去了。

滿香的祖父輩是當地的望族，在日據時代就受過高等教育，多年來累積了財富與名望。滿香有一個大姊，非常懂事，總是在家中幫忙母親做家事。大姊之下是兩個哥哥，都在父親的調教下按部就班地唸書、工作，或是跟著長輩應酬。只有老么的滿香最調皮搗蛋，她不但不幫忙作家事，還盡量地找麻煩，有一回家裡的魚塭豐收，請了當地的駐防士兵來幫忙捕撈，滿香不能下去幫忙捕魚，她就站在岸上蹦呀跳呀，興奮得不得了，結果一個不小心，滿香跌落在魚池中，被一個士兵撈起來，說她是當天晚上要吃的美人魚！

因爲父親的寵愛，滿香就這樣長到了十五、六歲，還是一點女孩子樣也沒有。她不喜歡一般女孩子的玩意兒，什麼針線刺繡的煩死人，她想要的是多一點點的自由，還有就是男女平等。雖然在家中備受寵愛，但滿香很早就發現男女之間是不平等的。舉個例子來說，吃飯時一定要等家裡的男人吃完飯，女人才可以上桌。無論是窮困或富有的家庭中，一定只有男孩子有較多的受教育、上進的機會。她記得小時候，有一次因爲和二哥打架，被父親責罵了幾句，她就氣得跑到穀倉那兒放火，想表示自己的不滿。結果當然又被狠狠地責罵一番，而且還被罰禁足三天。

現在的滿香已經沒有孩提時代的幼稚，但是她對外面的世界充滿了好奇心，就像一隻振翅欲飛的小鳥，只要乘著風就能滑翔萬里。

「嘿！小美人魚，一個人在發什麼呆呀？」

一個渾厚的嗓音在她身後響起，滿香嚇了一跳，差點又跌入池中。她抬起頭一看，原來是上次救她起來的阿兵哥。但是現在的他穿著軍服，全身上下流露出英挺的氣質，他看滿香一臉通紅，答不出話來的樣子，這才正色說道：「抱歉，抱歉！陳小姐，我一定嚇著妳了。我叫李志剛，上次到妳家幫過忙。今天剛好營區放假，我沒事順便來拜訪一下伯父，沒想到在這兒碰上妳了。」

「哦！不…沒關係。我只是沒想到會碰到你。哦！不…我是說，我帶你到我家去吧！」

滿香仍然壓抑不住臉上的紅暈，畢竟在這個鄉下小鎮中，幾乎每個人都互相認識，只有遠遠在山腳下的軍營，是一個陌生的世界。而現在她就在跟一個從那個陌生世界走出來的男人在說話，而且是個比平時看到的那些鄉巴佬英俊上十倍的男人呢！滿香邊走邊胡思亂想，微微的風剛好從那個李志剛的角度吹來，一股淡淡的煙草味縈繞在她的鼻尖，還混雜著一點男人的體味。

「喂！滿香，找妳半天了，還不回來吃飯！」說話的是大姊，滿香覺得她老氣橫秋的已經跟個老祖母一樣了。「哦！李營長，父親正在等你呢！」

那個男人就沒再看滿香，逕自跟著大姊走進大廳了。

從那天以後，那個李志剛便成爲她夢中的白馬王子。她更常去那個魚池邊徜徉，說是去玩耍，其實心裡想著要再見他一次。但是好多個黃昏過去了，滿香都沒有再見過他，心裡面不免有一點失望。

一天她放學回家，將書包往大廳一丟，就想跑出去玩。「滿香！東西放好！眞是都快成小姐了，還沒有個大人樣！」大姊跟在她身後叨唸。她做了個鬼臉，自顧自的往外衝，一頭便栽入一個男人的懷中，竟然是李志剛。

原來上回父親便是要他帶阿兵哥來幫忙割稻，現在正是秋收時分，滿山滿谷的稻田正急著採收。這一天李志剛的表情有點嚴肅，他沒有和滿香多說什麼，只把她輕輕地扶好，以免她跌倒了，然後便去招呼跟來的士兵了。

從那天開始，滿香就一輩子都記住了他結實的臂膀。等她高中畢業，沒考上大學，在鄉下鬼混了一個暑假，李志剛才眞正有機會和她交往。家人看在眼裡，沒有贊成也沒有反對，但是等李志剛要調防到桃園而向她求婚時，家人開始極力的反對。已經嫁給鄰村大富人家長子的大姊說：「滿香，李營長不是個壞人，但是沒有錢，將來嫁過去要吃苦喲！」

「就是你們這種人滿嘴銅臭味，根本不懂得什麼叫做愛。」

「喲！愛情一斤幾兩，妳給我稱稱看！」

「我不管！愛情是不能有一點點背叛，我已經答應他了，就不能反悔。」

「哼！妳現在不反悔，將來就不要後悔！」

結果大姊果然說中了她的未來。當她每天在爲柴米油鹽焦慮，爲四個女兒的學費煩惱時，才明白原來沒有錢眞的是一種罪惡。而愛情眞的比不上麵包有價値。尤其當她爲了沒有錢而跟李志剛吵架時，她更懷疑當初自己爲何不背叛愛情？眼看著現代人連愛情都可以是背叛的產物，她更加堅定她教育子女的決心了。

「妳們四個女孩子聽好，反正不管老媽做了什麼糊塗事，妳們都得想盡辦法嫁給有錢人！」

這通常就是她們母女之間對話的結論。

瘋狂女子的冒險

初雲的大姊碧月是個典型的獅子座。她具有領導力與獨創性，而且一頭蓬鬆性感的長髮看起來就像是個母獅子。對於母親的無能她嗤之以鼻。「要嫁給有錢人，全家只有靠我了！」

對於碧月的自信，初雲和其他的姊妹都尊敬有加。誰說生命不能冒險的？當某些人將賭博、經商或任何鋌而走險的事當作冒險時，對這四個年輕女子來說，談戀愛就是最瘋狂的冒險，而且她們要玩大的，不玩小的。

初雲還記得有一天碧月氣鼓鼓的回家。碧月還在唸專校時就和同學一起在KTV打工。一方面薪水多，好玩，而且見多識廣，搞不好會有機會認識一些大老闆。最重要的是那種地方是保證美女如雲，長得太醜的還沒人要呢！因此每天上班時碧月都是充滿了自信，而且一身穿著打扮都是名牌，任誰走在街上都會多看她兩眼。但是這一天她下班時卻是氣急敗壞。家人都睡了，只有初雲因爲要準備明天的面試，正在爲搭配衣服煩惱才沒有睡。

「初雲，還沒睡呀！還好有妳在，不然我一肚子氣都快爆炸了！」

「半夜三更的，妳爆炸可不得了了！快說來聽聽吧！」初雲調侃她。

「妳知道嗎？今天有個老客戶來玩。本來我很開心的。他一向很大方，而且他知道我不玩暗的，我的原則就是有本事就嫁給一個有錢的，才不來什麼偷雞摸狗的。結果呢，我們東聊聊西聊聊，那個傢伙竟然問我要不要做他的小老婆。我很生氣的對他說：『對不起，我的野心大一點，我只想當大老婆，不想當小老婆。』妳想我的要求一點也不過份吧？誰知他竟然覺得沒面子，一個晚上都不再理我，走的時候連小費都沒給！」

「眞是個小氣鬼！姊，我在想妳要不要換個工作場合，認識一些高級一點的人，機會比較多呢？」

「狗屁！那些高貴的男人到KTV還不都露出原形了。而且妳放心，台灣有錢的男人都在那裡。要換工作也要等我錢賺夠，找到老公再說。怎麼？妳明天不是要面試嗎？怎麼還不睡？」

「我在為明天穿什麼傷腦筋。」

「我的老天！又不是去約會，幹嘛那麼緊張？不過如果妳的老闆是個有錢的單身漢，那又另當別論了！趕快！讓我幫妳挑衣服吧！」

碧月一向對服裝很有自己的見解。她最喜歡的是Chanel的衣服，原因不過是原設計者香奈兒夫人就是獅子座的。當然經由這個品牌所展現的身份與地位自是不在話下。不過數十萬台幣一套的衣服實非她所能負擔，因此要嫁給有錢人又多了更重要的使命感——改善穿著風格。

不過，話說回來，人窮也不能志短，沒有香奈兒，吉安尼凡賽斯或是阿曼尼都是很好的選擇。雖然一樣很昂貴，但是至少碧月還買了不少套，借給妹妹充場面還夠用。

「人要衣裝，佛要金裝。如果不裝出個樣子，怎麼能釣到金龜婿？我看過一篇報導，說是在倫敦的高級美女想釣凱子，首先平時要身穿香奈兒的套裝，晚宴裝則非凡賽斯或阿曼尼不可。我們雖然不能跟她們比，也多少要有個樣子吧！」

碧月說著拿出一個精美的小筆記本，讓初雲欣賞了一下其間的寶藏。原來碧月一點一滴的記下了一些經典綱要，如保持身材秘方，洗髮秘笈，美顏十戒等等，其中有好幾頁則是如何尋找多金男子的秘方：

服裝：皮包及套裝要穿香奈兒。晚宴裝是凡賽斯和阿曼尼的。內衣則是拉蓓娜的。

車子：小型賓士車。

手錶：卡迪亞金錶。不過最近古奇的G標誌也很紅。

皮箱：路易威登。

酒類：法國香檳。

除了這些衣飾細節之外，還有一則美女十戒：

一、要出入有錢人會出入的場合。

二、外表看起來永遠完美無瑕。

三、看起來總是有人為妳付任何費用。

四、讓他覺得妳高不可攀。

五、緊急加入任何慈善活動。

六、打開答錄機，不要輕易回電。
七、不要輕易和他上床，特別是第一次見面時。
八、絕不接受現金作禮物，除非妳決定要和他分手了。
九、絕不將他介紹給任何其他女人。在這個遊戲中，任何女人都是妳的敵人。
十、當他決定選擇妳時，絕不要驚訝！因爲他總是在尋找新獵物。

「哇！大姐，沒想到妳眞的很用心耶！」

「那當然！不用心怎麼能成功？妳以爲我只是說著玩玩的呀？我才不要像老媽爲不値錢的愛情付出一輩子的榮華富貴。我要的就是立刻享受，立即擁有。」

「眞是瘋狂女子大冒險⋯⋯」初雲嘀咕著說。

「不冒險怎麼能成大事呀！我們四個姐妹呢，我就看妳還有點希望。秋菊個性倔強，她口口聲聲說是要嫁有錢人，但是看她只會死讀書，跟老爸一樣，而且那種又笨又拙的男朋友也能交那麼久，我看她要找有錢人是沒什麼指望了。雅如呢，心狠手辣，是典型的天蠍座，就怕她一時想不開，玩不起愛情遊戲就慘了！所以我最看好的是妳，臉蛋雖然不怎麼樣，但是身材高挑，可塑性高。臉上的缺點可以用美容改進，身材不好那就沒救了！」

初雲低頭看看自己平扁的身材，對於碧月的說詞似懂非懂。不過她知道山羊座的秋菊喜歡讀書，大學畢業後還打算出國深造，而且已有一個交往多年的男朋友，怎麼想也沒有機會在「嫁給有錢人」這件事上深造了。或許就如同碧月說的，做任何事都得用心，才會成功。秋菊已經花了很多心在課業上，自然無法再多花心思研究其他的領域了。而要嫁給一個有錢的男人，看起來不是很容易的事哦！

初雲偷偷地吐吐舌頭，沒再說些什麼。反而是碧月嘮叨個沒完：「要知道，重點還不止這些。平時還得多看書，聽音樂，看戲劇⋯⋯嗳！反正有得妳忙的！快去睡吧！祝妳明天就找到金龜婿！」

姊妹倆分頭回房去睡了。她們家房子不大，父母住一間，四個姊妹兩人共用一個房間。初雲和雅如同一間，但是雅如唸高職時搬去學校宿舍住過，因此有很多時間只有她一個人使用這個房間。她們四個姊妹不但外型美麗，而且都很能唸書。碧月是銘傳畢業的，初雲和秋菊一個是文化，一個是淡江畢業。只有雅如唸書差勁一點，高職唸完了考不上大學，但她總有她的辦法。有一天雅如跟她說：「三姊，妳的大學畢業證書借我用一下！」

「幹嘛？」初雲知道她開口準沒好事。

「借一下又不會死！」

雅如一直不肯說出原因，初雲知道她的個性，現在不給她，等會她也會想辦法偷到手。至於她把證件拿去做什麼用途，可就沒人管得了了。不過明天她可得用上那份文件，那可是大學畢業後找的第一份工作，如果那個老闆是個英俊多金的男人——不！用不著英俊，只要有錢就好了！碧月說的。初雲帶著笑意進入了夢鄉。

妳的眼睛背叛妳的心

初雲打扮妥當，準備出門了。她穿上姊姊碧月借她的名牌服裝，雖然尺寸不是非常合身，但不仔細看是分辨不出來的。畢竟唬人比較重要，衣服上只要有名牌標識，誰管妳是借來、偷來還是搶來的？

已經是秋天，這一天台北的氣溫卻是攝氏三十度，熱得人走在街上都怕被融化了。初雲有如騰雲駕霧般昏沉沉地來到了應徵的公司。本來一心想討好老闆的，現在被這一陣熱浪打敗了，初雲有些沒精打采地坐在會客室的角落，等待其他人應徵完畢。

「李初雲小姐！」

聽到自己的名字，初雲嚇得跳起來。事實上她正神遊天外，幻想著如果嫁給一個有錢人，她就不用這麼受苦受難，還找什麼工作呀！初雲站起身來，甩甩頭，昂首闊步地走向總經理的辦公室。

結果令她非常失望，因爲總經理是個女的，不是什麼未婚男性大老闆。名叫瑪妮的女老闆三十來歲，看起來精明能幹，而且說起話來滔滔不絕。

「精準公關在業界算是屬一屬二的公司。雖然公司人員不多，但個個都是強手，我主張以質取勝，不像有些公司是人海戰術，那樣子客戶很容易跑光的……好了，不說太多，我想知道妳對公司或我個人有什麼問題，我想請妳提出一個問題來，任何問題都可以。」

「請問公司的休假制度是怎麼規訂的？」初雲不假思索，立刻問道。

瑪妮短短的怔了一下，然後說：「基本上我們是配合單位，客戶的需要優先，因此一年當中基本的休假就是國定假日及星期假日，沒有額外的休假。不過因爲外國客戶較多，大多數是採周休二日制，所以我們禮拜六不用上班，這已經比別的公司好很多了……」

瑪妮見她沒再提出別的問題，便在她的應徵履歷表上做了個記號，兩人便客客氣氣地分手了。初雲走出了那棟大樓，心中沒什麼把握，但也不患得患失，雖然大學畢業要找到一個理想的工作並不容易，但隨隨便便的工作機會也是滿天飛，報上每天登著應徵基層人員、會計、接線生、外勤人員、業務員⋯但是好像都沒有適合她的工作。她記得有一次去應徵外勤人員，那個穿著西裝打著花領帶的男人對她說：「小姐，我知道現在的年輕人都不想工作，只想花錢。但是沒有工作，那來的錢花呀？我們這裡雖然工作量不大，但是收入很高的，最適合想賺錢又不想太辛苦的年輕人⋯」

「請問到底是什麼樣的工作性質呢？」

「哦！我們這個叫直銷公司，有人說是老鼠會，那是亂說的啦！我們公司很正派，制度很健全⋯」

結果初雲還是沒去那家制度健全的公司上班。她覺得要去推銷健康食品有點困難，何況她一向不愛吃東西，要她研究那些食物的特性眞會讓她一個頭兩個大。現在應徵的這家公關公司因此變成比較好的選擇，雖然老闆是個女的，也不代表她沒有機會碰到有錢的男客戶，不是嗎？

初雲走在熱氣騰騰的街頭，心中胡思亂想著。忠孝東路的捷運系統使整個商圈受到影響。她躲在騎樓下一陣子，望著煙霧升騰的街頭，正不知何去何從，突然有人叫她：「初雲！怎麼在這裡碰到妳！」一個穿著豔藍色復古長裙的女人叫她。

原來是她的大學同學林美惠，一個很聰明的都會女子。大學時代她倆天天黏在一起，同進同出，但大學一畢業，各人各個人的生活，而且美惠先找到工作，因此兩人的聯絡漸漸少了。

「美惠！妳怎麼在這出現？妳沒上班呀？不是聽說妳找到工作了嗎？」

「是呀！我在一家化妝品公司當專員，滿好玩的。」

「化妝品公司？看不出來嘛！」

「是呀！我自己也沒想到。走！我要到誠品去，妳如果沒事就一塊去吧！」

「跟誰碰面呀！我去方便嗎？」

「有什麼不方便的？妳還記得劉相誼吧？大學時隔壁班的。他現在接管他爸爸在桃園的一家小型百貨公司，想進我們公司的貨，要找我談談。」

初雲其實沒什麼印象，但因爲自從畢業後，幾個月來同學之間聯繫的也不多，因此覺得也不妨去聊聊。她倆穿過人潮熙來攘往的街頭，走入誠品書店的地下室，卻發現那裡的人潮不亞於街頭。

劉相誼戴了個黑框的眼鏡，方方的面孔，一看就不是討人喜歡的典型。不過反正是大學同學，管他的呢！

「美惠！好久不見！這位好面熟…」

「對啦！她是我們班上的班花李初雲嘛！你們男生不都想追她嗎？」

「哦！是是是…我只是不敢認嘛！李小姐請坐請坐！」

「同學之間，別那麼客套！叫我初雲就好了。我今天是來當旁聽生的。你們盡管談吧！」

於是美惠和劉相誼開始談起香水產品的問題。初雲聽到美惠說：「我們公司的產品以香水爲大宗。有特別適合女人用的，也有適合男人用的。要看你的客戶階層在那裡…」

「說實在，我對女人的化妝品一竅不通，妳幫我做做分析好了。」

「基本上，香水分成前味、中味、後味三種香味。說得具體一點呢，你就當一瓶香水像個女人好了：第一次見到她的時候是一種感覺，開始交往是另一種感覺，等兩人分開後，又是另一種回味無窮的感受。」

「嗯…妳這麼說我有點懂了。不過我怕鄉下地方，一般人接觸香水的機會不大，更別提要男人用香水了。」

「劉相誼，你眞的有點土耶！現在的新新人類那個不用香水的？何況桃園哪是鄉下？」

「好好好！說不過妳，反正我會進貨，妳全權決定就好。」他說著轉過身問初雲在那裡上班。

初雲有些不好意思告訴他，自從畢業之後她還沒有正式上過班，不過她輕描淡寫的說：「我剛才去應徵一個工作，現在工作好難找哦！」

「對呀！尤其要找到合適的眞不容易！」美惠也在一旁說。

劉相誼搔搔頭說：「不過也有很多工作找不到人做呢！像我們店裡要找女店員就很不容易，一下要加薪，一下要休假，一下嫌工作量大，我每天對付她們就忙不完了。有一天有個小姐對我說：『老闆，我要請假。』我說：『什麼？妳不是昨天才請過假嗎？』那個小姐瞪瞪我說：『不准假那我辭職好了！』眞是敗給她了。」

美惠和初雲都被他的模仿女店員的口音笑歪了。他們談完之後，互相交換了電話便分手了。初雲一個人走向公車站。臨別時她覺得劉相誼好像想和她說些什麼，但他畢竟沒有開口，於是她也不當一回事地走開了。

回到家中，爸媽都不在，只有碧月還在睡覺。初雲看看錶，已經快五點了，碧月也該起來準備上班了。她還沒敲門，碧月已經起身走了出來。姊妹倆談了一下話。初雲告訴她今天的應徵經歷，還提起遇到大學同學的事。就在這時候，電話鈴響了，初雲接起了電話：「喂！初雲嗎？我是劉相誼。」

「劉相誼？我們不是才剛剛分手嗎？」

「是呀！剛剛沒機會跟妳多說話嘛！妳有沒有空？我想約妳出來吃晚餐。」

初雲遲疑了一下說：「不行耶！我今天好像有點中暑，頭昏昏的不想再出門了。」

初雲掛斷電話，碧月問她誰打來的？初雲告訴了她，於是碧月開始訓話：「在這種時候，妳就算拚了命也要強打起精神來。何況妳不是在找有錢人嗎？他不就是個現成的小開？」

「我沒想到耶！我想他長那個樣子⋯⋯」

「千萬別讓妳的眼睛背叛妳的心。男人的外表一點也不重要，最重要的是要有錢。眼睛所看到的只是鏡花水月，有錢才能使鬼推磨！別忘了心想事成的力量，不要再被男人的外表所迷惑了！」

初雲有些糊里糊塗的點點頭說：「好吧！管他外表長得像個豬，下次他再打來我就跟他去了。」

「什麼還等下一次！如果他明天不打來，妳就要主動打電話去了！」

這是我的生存之道

初雲開始正式上班了。這間位於東區的美奇公關公司雖然不大，但是麻雀雖小，五臟俱全。初雲一進門就發現她的老闆瑪妮很懂得生存之道。她不單獨租一間小辦公室，反而向一家大廣告公司分租一角，如此一來不但有了屬於自己的公司，也有了門面。

每一天的生活都像上緊了發條。包括瑪妮，公司裡一共四個同事，每個人要對付客戶、媒體的要求，寫企劃案，發消息稿，誰都忙得喘不過氣來，也沒有心情說說笑笑。不過這一天發生了一件事，使大家的工作都停頓了一下。坐在初雲隔壁的湯尼接到一個電話。聽起來像是不太愉快的對話：「我想你有點誤會。我們怎麼可能不發消息稿給你？很可能是快遞出了問題。我馬上查查看，立刻給你補上。抱歉，抱歉！」

湯尼掛上電話，一臉臭臭的表情。瑪妮警覺地問：「怎麼回事？要不要我幫忙？」

「也沒什麼。這些大牌記者眞難伺候⋯⋯」

湯尼還沒說完，瑪妮立刻打斷他的話：「有時候情緒不好也會壞事。我看這樣吧！這家媒體轉給初雲來處理好了。她剛開始工作，也該去拜拜碼頭。我來約他們總編輯見面，大家認識一下。有什麼問題也可以當面說清楚。」

初雲嚇了一跳，她偷偷瞄了一眼湯尼，果然看他一肚子氣的低著頭不說話。不過也不能怪瑪妮心狠手辣，因爲這個記者經常打電話來修理他，大家都知道湯尼和他處得不好。不過馬上把他換掉，可能會有後遺症也說不定。

這件事情過後，大家也恢復了上班精神，一陣記者截稿前的忙亂，使他們都無心再關心湯尼的心情了。一個星期後，初雲早上才踏入辦公室，瑪妮就告訴她：「我昨天晚上已經和范總編約好了。今天晚上七點我們一塊吃個飯。」

聽到要和大媒體的總編輯見面，初雲的第一個反應是低下頭看看自己的衣著。她一直記得姊姊碧月的叮嚀：「要找有錢人，記得出門一定要穿得稱頭。如果妳知道對方的身份地位，最好還要能穿出對方喜歡的風格來。這就是學問，妳可得好好研究喲！」

初雲不知道這位總編輯喜歡的風格是什麼？而且誰知道他有沒有錢？不過碧月說過任何機會都不能錯過，看樣子她今天這一身粉紅的窄腰身上衣搭配長裙好像缺了點書卷氣，不過誰說過現在的總編輯一定要有書卷氣呢？她想了想又心安理得了。總而言之，不管男人的職業是什麼，女人只要美麗，就是人見人愛。

下班之後，瑪妮帶著初雲來到西區一家日本料理店。這家店門口掛著燈籠，看來頗有古意。老舊的房子裡鋪著榻榻米，每個人都要脫鞋，菜色也由老闆娘來搭配，客人幾乎沒有點菜的權利。她們經過一陣交通混亂，抵達的時候客人已經上座了。初雲看到四個陌生男子，其中一個長得高頭大馬、帥氣十足的樣子，她馬上就有點喜歡了。初雲聽到瑪妮在打招呼：「范總編，好久不見。這位是我們新來的小朋友，初雲，給您介紹一下。」她說著又和其他人打起招呼來。初雲模糊的聽到副總編、主編等等職稱，不過她只記下了那個記者的名字鄭天來，因為將來就是她得應付這個人了。

一臉瀟灑意態的范存文，正是初雲一眼看中的那個男人。他很有親和力，而且一點架子也沒有。雙方席間你來我往，談興甚歡。但因爲他們要趕著回報社交稿，只好匆匆告別。臨走的時候，范存文握住初雲的手說：「李小姐，以後要請妳幫忙的事很多。我們改天再約見面好了！」

他的手細膩而溫暖，不太像他粗獷的外表。初雲帶著這雙手的回憶回到了家。出乎意料的是四妹雅如也在家。

「三姐，秋菊剛告訴我妳最近找到工作了。」

「是呀！在公關公司上班。」

「哇！公關副理喲⋯⋯」

「唉！不是妳想的那種啦！是正式的公關公司，幫客戶做宣傳、發消息的。對了，好久沒看到秋菊，她最近怎麼樣了？」

初雲才說著，秋菊包著頭巾從浴室中出來了。她邊擦頭髮邊說：「我最近在考托福，準備出國。等我申請好，就可以飛了……」

「妳眞要出國呀？妳這個山羊座眞的很固執，說要出國還眞的要出國，一點也沒改變。那妳男朋友怎麼辦？」

「妳說彭文富呀？誰知道？他如果要跑掉我也沒辦法。搞不好還有機會在國外碰到有錢人呢！」

雅如在一邊搭腔了：「算了吧！妳去的是英國，那些留學生窮得要死，我打算去大陸工作，那裡才有希望呢！」

聽到雅如的話，兩個姊妹都瞪大了眼睛。雅如一臉不在乎的表情說：「我最近認識了一個朋友，他要去大陸投資，找我去當經理。我嫌高職畢業太難看，才向妳借了文憑充充場面嘛！」

「妳在說什麼？妳這是僞造文書！」

「唉呀！大陸那麼大，誰管得著妳呀！我又不是幹什麼壞事，妳那麼緊張幹嘛？」

「好！我不管！出事妳自己負責。」

姊妹幾人有點不歡而散。直到臨睡前秋菊才丟給她一句話：「對了，有個叫劉相誼的找妳，好像很急的樣子。」

「怎麼不早說？現在要打電話都太晚了。」

秋菊咕噥了幾聲沒再說話。初雲記得碧月的叮嚀，第二天回了電話，但他秘書說他正在忙，初雲就留了電話，也沒再放在心上。倒是這天下班之前，她接到范存文的電話。在電話中的他聽起來開朗豪邁：「李小姐，我們今天休假，一些同事一起聚聚，想請妳一起到卡拉OK唱歌。」

「拜託！叫我初雲就好了。好！你告訴我地點，我馬上就到。」

初雲匆匆整妝了一下，就上路了。坐在她對面的蓓蓓笑她說：「妳還眞敬業呢！」

一旁的瑪妮說：「我從前也跟妳一樣，下了班還要衝鋒陷陣。現在有了孩子，總不能老丟在婆婆家，會被人唸的。」

「瑪妮！我最羨慕妳了，先生又體貼，孩子又有人照顧，眞是前世修來的好命。」初雲邊說邊朝門口看看。湯尼已經下班了，他的桌子也空空的。

「好了！妳快去吧，別讓人等太久了！」

初雲來到離辦公室不遠的卡拉OK。穿著風衣的范存文站在門口等她。她很少看到台灣的男人穿風衣，因此更加深了她對他的興趣。范存文帶著她來到烏漆抹黑的地下室，轉了好幾個彎才來到一間金碧輝煌的大房間。裡面男男女女都有，除了鄭天來，全是她不認識的人。幸好初雲的歌聲不錯，很快的便和大家打成一片，散會後范存文堅持要送她回家。

初雲站在夜晚的風中等他開車過來，一面在心中幻想著她是走出舞會的灰姑娘。一輛白色的跑車停在面前，車窗搖下，范存文朝她招招手，她便上了車。

「初雲，妳這名字取得眞好，誰取的？」

「我爸取的。他只會死讀書。」

「哦！聽起來妳很討厭知識份子？」

「哼！我大姊說，在學校最好不要交功課太好的學生，出社會之後通常都沒什麼出息。」

「這個我絕對贊成。我從小就是考第一名，到現在也沒什麼出息。」

「不會呀！你當上總邊輯了嘛！很多人想當都當不上呢。總編輯你結婚了沒呀？」

「唷！妳這麼關心我幹嘛？我現在單身就對了。」

「你的意思是你已經結婚了？」

「結過，但是現在是單身，夠誠實了吧！」

初雲偷偷笑了。只要沒有家庭，離婚或同居都好解決，她可不想還沒偷雞就蝕把米。

范存文很君子作風地將她送到家門口，初雲想了兩秒鐘，決定做一件事，她墊起腳尖，吻了范存文的臉頰一下，然後轉身就走。剩下范存文一個人失魂落魄地在那兒站了許久。

碧月已經在家等她。看她一臉興高采烈的樣子，不禁狐疑地問她怎麼回事。等聽到她是和某某總編輯出遊後，不禁大爲不快：「妳眞蠢！妳不知道那些窮酸文人沒有一個有錢的呀！」

初雲只是笑笑，這天晚上她帶著一個男人臉頰上的味道入睡的。

開始時總是下著雨

就在瑪妮將媒體的重責大任交給初雲後不久，湯尼果然在月底提出了辭呈。初雲在心底為他惋惜。他其實是個很好的公關人才，外語能力又好，只可惜了有點心高氣傲，不過幸好是這樣，才能讓她這種半吊子也有生存空間吧！

新人很快就找到了。瑪妮經由學校老師的推薦，找到了剛由外文系畢業的純美。三個女孩子當中，蓓蓓已經跟瑪妮工作三年，算是老經驗，而初雲才來不到三個月，再加上新手純美，瑪妮備感壓力。有一天初雲聽到她在電話中對朋友說：「最近不知道為什麼覺得壓力好大，晚上都睡不好覺……我也不是追求完美的人，我老公常罵我到底為誰辛苦為誰忙……可能是我給自己的精神壓力太大吧！」

初雲低著頭，假裝忙著手邊的消息稿，沒注意到她在說些什麼。但是初雲很清楚，這就是現代事業女性的悲哀，她們為了證實自己的能力，而喪失了許多原本該享受的家庭幸福、親子天倫。初雲可不想要這樣的生活。她要的是能在巴黎購物，舊金山看夜景的浪漫生活，也只有有錢人才能負擔得起吧？看到瑪妮，更加堅定要嫁給有錢人的決心了。

不過想想已經上班三個月，連半個有錢人都沒看到，初雲又不禁心灰意冷起來。這時剛好劉相誼打電話來，初雲想到他還算半個有錢人，因此應答對他顯得特別熱情。

「我打過電話找你耶！怎麼這麼久才回電？你不知道我在想你嗎？」

「抱歉抱歉！我都忙昏了頭。我已經打過好幾次電話給妳了，我們扯平了好嗎？我很想見妳，妳什麼時候有空？」

「我都有空呀！要看你這個總經理有沒有空了！」

「有有有！明天晚上好不好？妳下班後我來接妳！」

初雲開心地放下電話，心裡很有一種成就感。第二下班時，劉相誼果然在樓下等她。這一天她刻意穿了件淡紫的低領洋裝，好讓自己冷豔的氣質與性感的衣服相互輝映。這樣也許劉相誼會比較敢主動親近她。

劉相誼帶她去了一家氣氛優雅的義大利餐廳。在燭光之中，劉相誼談的卻是公事。他先拐彎抹角談了好久的生意經，然後才進入正題：「妳們公司是做公關的嘛，我想也許可以幫我做一些公關活動。我這次代理的香水是義大利的公司，很麻煩，一定要我們做什麼宣傳活動。我一竅不通，想到妳是這方面專家……」

「這樣吧！我把你的案子明天帶到公司，先和我老闆談一下，看她要不要接再說。」初雲說著沒頭沒腦地問了一句，「劉相誼，你是什麼星座的？」

「天蠍座。怎麼啦？」

「難怪這麼沒情趣！你就不能放下工作，聊點有趣的事？」

「可以啊！妳要聊什麼？高爾夫球還是……」

初雲簡直被他打敗了！這天晚上雖不能說賓主盡歡，但初雲還是很高興自己朝正確目標前進了一步。

初雲將劉相誼的案子告訴了瑪妮。瑪妮說她需要時間考慮一下。因爲她手邊在談一個化妝品公司的案子，怕同性質的產品一起接了客戶會不高興。

初雲也不著急，其實這時她還有個男人要應付，暫時不太想見他。范存文又打電話來約她。她一方面閒著沒事，另一方面也不想得罪大媒體，便答應了星期六晚上的約會。

范存文還是一派瀟灑脫模樣，不過手中多了一束粉紅色的玫瑰。遞給她時他說：「送給像玫瑰一樣美麗多刺的女人。」

「好香！我最喜歡玫瑰了！尤其是粉紅色的，讓我覺得好浪漫！」

范存文站在黃昏的燈光中，癡癡看著她捧著玫瑰親吻的模樣，好半天沒說話。還是初雲提起：「對了！你要帶我去那兒呀？」

「去了就知道。」

范存文還是開著那輛風塵僕僕的跑車。初雲坐進去時都怕被車門上的灰塵沾到了。眞是個粗心大意的男人！她在心底嘆道！不過他們上車時，剛好下起雨來，或許可以幫他清潔一下車子吧！

范存文望望車窗外，突然開口說：「愛情開始的時候總是會下雨……」

「你在說什麼？」

「妳有沒有想過兩顆星球爲什麼會相撞？人與人爲什麼會在一起？」

「我想那像是一種磁場的吸引力吧？一種無形的神秘的線聯結著兩端，使幾萬里的距離變成無形。」

「初雲…這是個溫柔的名字…如旭日初昇，如晨光乍現……」

「可是我不覺得自己是個溫柔的女人。」

「因爲今晚想要引誘妳，不知不覺把妳當作溫柔的女人吧！」

初雲的臉頰有些炙熱的感覺。她其實不是愛玩愛情遊戲的人，愛跟不愛對她來說都是眞心的。沒有時間或空間的困擾，也沒有道德意識的阻礙，只有她自己才是一切的決定權。

范存文將車子開入車庫，初雲才搞清楚原來是到了他的家。他離婚不久，一個人在天母租了棟房子住。初雲才一進門就被那家徒四壁的淒涼景況嚇住了。屋中唯一引人注目的是客廳一角的運動器材。

「你幹嘛擺這麼多運動器材在家？」

「人家說牡羊座的人不運動會死，就是我的寫照。我每天都要運動完才睡覺。其實性行為也是種遊戲……」

范存文說著摟住她，低頭親吻她。初雲微微推開他，心中七上八下地盤算著。其實她並不是沒有經驗的菜鳥，大學時代也和男同學半眞半假地上過床。不過她現在要找的是有錢的男人當丈夫，碧月也提醒過她不能第一次約會就上床。但轉念一想，范存文根本不是她的對象，今天晚上只是一種運動而已。於是她反而放鬆了心情，開始熱烈地回吻他。

初雲在范存文家待到第二天下午才離開。等星期一早上開始上班時，瑪妮告訴她化妝品公司的案子有些膠著狀態，要她進行香水的案子。於是她打電話聯絡劉相誼，又和廣告公司專門辦活動的業務經理戴成原聯絡，忙了一整天下來，她發現自己已經將范存文忘得差不多了。

戴成原其實就在她們公司租借的廣告公司工作。兩家公司有時互通有無，也是種賺錢機會。他和初雲約好在樓下的咖啡屋見面。初雲一進門時，就看到一個身形高大的男人坐在窗畔，她直覺地知道就是戴成原。等戴成原看到她時眼睛一亮，初雲知道這是男人對她驚豔的表情，於是更加搔首弄姿起來。

「李小姐在同一棟樓工作都不知道，眞是太失敬了！」

「也沒什麼，長得不出色嘛，也不能怪別人！」

「快別這麼說！李小姐是少見的絕色美女呢！」

「只要你不嫌棄就好了！好吧！言歸正傳…」

戴成原果然是經驗豐富，包括活動主題、場地、人工、費用等等都幫她計算出來了。臨別時戴成原看她點的咖啡一口也沒喝，便堅持陪她喝完才走。

「你眞是體貼的男人，女人嫁給你會很幸福。」

「要不要試試看呀！我老婆剛好缺乏競爭對手，覺得我一文不值呢！」

「你已經結婚了？那不好玩！我不跟已婚男人交往的。」

「妳還眞與眾不同。」

「不這樣怎麼生存呀？」

初雲離開了咖啡店，街上的路面濕濕的，顯然剛才下過一場雨。她突然想起范存文說的有關下雨的心情：

「愛情開始的時候總是在下雨。

下雨的時候總是覺得很溫柔。

溫柔的想起妳淡淡的玫瑰色嘴唇……」

初雲不想再想下去。這是個不適合談戀愛的季節。如果眞要談戀愛，她也只想談一場高明的戀愛。

你的眼光讓我執著

新香水上市的發表會訂在聖誕節之前，因爲那之後活動太多，不容易引起注意，而太早又訂不到場地，這意味著初雲有兩、三個月的時間要和戴成原共處。

其實初雲對戴成原這種已婚男子的心態並非不清楚，這種男人是典型的追求完美主義。換句話說，他們想要一個完美的婚姻生活及婚外生活。在家庭中他們是標準丈夫及父親，受到妻子與兒女的愛戴；在個人職場或私生活中，他們又要有另一番風光景象，那是妻子兒女所不能給予的痛快。那就像獵犬改不了狩獵的本性。如果看到獵物而不能廝殺一番，獵犬會覺得自己活得沒有價值。不過戴成原不是獵犬，而是獅子座的。獅子跟獵犬雖然不同，不過牠們殺戮的本性是一樣的，只是獅子表現得比較君子作風吧！

這天初雲上班，因爲下雨遲到了一點。到了辦公室看到桌上擺了一盆花，心裡就有了譜。她打開卡片，看到戴成原的簽名和幾行字：

「在人群之中

妳的眼光讓我執著
在錯誤之中
我以爲自己不會再心碎」

初雲沒有臉紅也沒有心跳，因爲她早已將戴成原當作死會，對於這點愛情遊戲的技倆她還算清醒。她淡然的神情倒讓其他人看不過去了。蓓蓓先發難：「什麼人送的花呀？我們研究了一個早上呢！」

純美也跟著說：「是呀！初雲姐，讓我們知道一下嘛！讓我們也有機會向妳看齊呀！」

初雲心想如果讓她們知道不過是隔壁的業務經理送的花，豈不是兔子吃窩邊草，太沒面子了。於是她輕描淡寫的說：「也沒有啦！一個客戶送的。工作太認眞了嘛！咦！怎麼沒有看到瑪妮姐？」

「她說她頭痛，昨天整晚沒睡，今天要請一天假。」接到瑪妮電話的純美回答了。

可憐的瑪妮患上了事業女性的通病：頭痛、失眠、精神衰弱，還得人前人後扮演出堅強幹練的角色。不過她沒有多少時間同情瑪妮，因爲她自己很快就被工作淹沒了。首先她要打電話給劉相誼，向他報告活動的進度。另外當然也得和戴成原聯絡一下場地的事宜。

劉相誼的電話很快就接通了。對於初雲的辦事能力他多加讚美了一番，然後提到他代理的義大利總公司有一位公關經理下個月要到香港的事。

「初雲，我想麻煩妳一件事。因爲我們和這家公司是一起分攤公關費用，所以這位經理一定要和妳見個面，表示他的關心和負責。妳看能不能下個月和我去一趟香港，食宿費用都由我來負擔。」

「好啊！沒問題，不過我還是得先和我老闆說一聲才行。」

初雲心跳加快地放下電話。她並不是沒有出國旅行過，大學畢業時她也參加了到菲律賓的畢業旅行。但那是一群人瞎起鬨式的團體旅行，並不是像這樣單槍匹馬的和客戶出國談生意，桌上的花加上這意外的香港之行，使她整天都暈陶陶的。

不過爲了作萬全的準備，她知道在開會之前，必需要找戴成原討救兵，可是又不想讓同事知道她打給誰，於是只好跑到樓下7-11前面的公共電話亭打。電話轉了好幾次才接通，結果戴成原不在，於是她只好在電話留言上說：「戴大哥，謝謝你的花，很美。可是我對花粉過敏，所以請你下次不要再送了。我有事，是關於那個香水客戶的事要向你請教。有空時請回電。」

初雲放下電話，一時還不想回辦公室。初秋的氣息慢慢席捲了整個城市。雖然也許沒什麼人注意，但街邊的路樹還是透露了幾許金黃的訊息。初雲輕輕地嘆了口氣。不知道爲什麼秋天總讓她有一點傷感。

戴成原回電的時候，初雲覺得自己很鎮定，反正裝模作樣就是她的特長。戴成原彷彿了解她的個性，也不囉唆，只在公事談完之後問她：「妳除了對花粉過敏之外，還對什麼過敏？」

「基本上我對男人都很過敏，尤其是已婚的男子。」

「這點我懂，我絕不會打擾妳的。我只想知道妳喜歡什麼而已。」

「眞的很謝謝你，但是我眞的豐衣足食什麼也不缺。」

「妳就是這種執著讓我喜歡。」

戴成原說完掛了電話，反而初雲的心中有悵然若失的感覺。她雖然不把戴成原當作理想目標，但男女之間要眞正成爲朋友好像也不是件容易的事。如果沒有愛情這奇異的因子在作怪，眞正的友情未必不會發生在男女之間。

忙亂的兩三個星期過去，初雲終於拿到港簽，台北的事情可以暫時丟一邊，她帶著渡假的心情出發了。臨出門前年老的父親叨唸了好一陣子，還好是碧月幫她打圓場，騙他說是團體出差，才算了事。至於母親那邊，碧月偷偷告訴她：「阿母，初雲是跟大老闆出差，有錢人囉！」

「有錢人要小心人家有沒有老婆呀！當心被娶去做細姨哦！」

「不會啦！」初雲有點不高興的說，「他也沒什麼了不起，我還不見得喜歡他呢！」

初雲到達機場時，劉相誼竟然還沒到。她一肚子火的坐在候機室中冰涼的椅子上，心裡想著等會兒要如何修理這個男人。二十分鐘後，劉相誼十萬火急的衝過來，一邊擦著額頭的汗水，一邊連聲說：「抱歉！抱歉！讓妳久等了！我是怕妳會暈機，特別臨時跑去藥房買暈機藥給妳！」

劉相誼說著將藥拿給她。看他一臉狼狽的模樣，又是好心爲了她買藥，初雲心中雖覺得他多此一舉，但還是馬上堆著笑臉，虛情假意地說：「謝謝你這麼細心。我只是說我怕搭飛機，而不是說我會暈機。不過沒關係，我們一起Check In吧！」

台北到香港的飛機很快就著陸了。因爲時間有限，兩天一夜的行程，他們必須辦很多的事情。初雲跟著劉相誼在彌敦道上奔來跑去，幾乎沒什麼心情欣賞這個城市的風貌，一直到晚上和公關經理開會完畢，初雲拖著疲憊的步伐走在飯店邊的維多利亞港口，這才發現風帆片片的海上，映照著一個如夢似幻的城市。

他們下榻的飯店就在幾步之遙，劉相誼和她約好回房間稍事梳洗一下，就到酒吧間碰面。初雲一進自己房間就躺在雪白的床單上，累得不想起身了。不過她不想讓劉相誼知道她這麼沒用，於是勉強起身梳粧打扮，等她下樓時，這回是她遲到了二十分鐘。劉相誼戴著厚眼鏡，怔怔地看著穿著一身黑衣的她走來。

「怎麼啦？看什麼？沒見過我穿小禮服呀？」

「初雲，妳眞的美得讓我看呆了。我覺得妳可以做我們產品的模特兒。」

「謝謝你的誇獎。不過剛剛你和道生經理不是才在談要用義大利模特兒拍的照片來做廣告嗎？」初雲笑笑地回道。

「是呀是呀！不過台灣也需要自己的產品代言人嘛！怎樣，今天的會還滿意吧？我看那個道生完全被妳折服了！」

「哪有！我的英文好爛，幸好有你在一邊撐場面，不然我就完了。回台北第一件事是學英文！」

和劉相誼在一起就是這樣，話題總是談不完，但永遠都和工作有關，好像他這一生已經和工作結婚了。望著窗外星火點點的夜景，初雲不覺有點悵然若失的感覺。

永遠專心寂寞地和你演戲

從香港回來之後，初雲手上多了一個新行頭——GUCCI的皮包。據說這個品牌換了設計師之後身價大漲。一個普通的手提包就要台幣兩萬多元，初雲在機場的免稅商店看了半天，終究還是狠不下心買。幸好旁邊的劉相誼十分懂事，當下看出她的心事，便自告奮勇地幫她刷了信用卡。初雲接過皮包輕聲說了謝謝。

劉相誼卻不甘心，咬咬牙說：「就這麼簡單就打發了呀？」

「那你要怎樣？你以爲兩萬塊就能買走一個女人的心呀？喏，皮包還你，不想要了！」初雲刁鑽起來。

這下變得劉相誼要賠不是了。

「唉呀！大小姐，開個玩笑也要生氣呀！」

初雲不說話了。其實她很想要那個皮包，怕鬧僵了反而得不償失，便閉上了嘴。回到台北之後，劉相誼送她到家便自己開車回桃園了。初雲回到家，卻發現家中意外的冷清。只有秋菊一個人在家。

「咦！二姊，怎麼只有妳一個人在家呀？」

「是呀！碧月跟爸媽回新竹的老家一趟。聽說眷村要改建，他們要去處理一些事吧！最近看妳很忙的樣子，怎麼啦？交到有錢的男朋友了？」

「噯！如果有也就算了！偏偏身邊一堆菜鳥，就是找不到中意的。妳呢？彭文富還好嗎？」

彭文富是秋菊在大學時代的男友，兩人已經交往了好幾年。

「還不是老樣子。不過我打算秋季班的時候出國遊學，他卻堅決反對。說來奇怪，以前在學校時兩人問題反而少，人人都當我們是天生一對，現在他退伍當完兵，進入社會之後我們倆反而有點隔隔不入的感覺！」

「也許妳比他早進社會兩年，對社會的認知與他早有了隔閡吧？」

「是呀！我跟他說現在流行遊學，出國唸幾個月的書，充電一下，再回來工作就會有更新的體驗。他卻偏說那只是浪費錢，而且唸了半天也沒有學位可拿。我說他太現實，他卻覺得我沒大腦。」

「他怎麼這麼老古董？現在唸書的方式日新又新，誰說只有完整的學校教育課程才是學習？而且現在遊學一樣有學位可拿。其實讀不讀書全靠自己，誰說有文憑的人懂得就一定多？」

「好啦！不談我了。妳怎麼樣？香港好不好玩？我真羨慕妳又能工作又能玩！我就是想出國看看也難找機會呢！」

秋菊是在投資公司做事，收入不錯，但就是沒有變化，每天除了錢之外還是錢。難怪她想請個長假，到國外眞正地生活一下。

「是呀！我也滿開心的。問題是跟我去的那個傢伙好像是個工作狂，一天二十四小時當四十八小時用，媽呀！我光走路腿都要斷了，眞不知道他是怎麼想的。不過呢！妳看，我的新包包！」

「呵！妳眞捨得！名牌的呢！我存半天錢都捨不得買呢！」

「不好意思，是客戶送的啦！我本來不想要，但後來一想，不要白不要，也就厚著臉皮收下啦！」

「妳的客戶還眞大方！」

初雲還沒搭腔，卻見四妹雅如開門進來，一臉表情凝重的樣子。

「雅如，妳幹嘛？臉臭臭的，見了鬼呀？」

秋菊問道。雅如一言不發，坐下來就大哭起來。兩個姐姐嚇壞了，忙不迭地安慰著她。

過了好一陣子，雅如才抽抽搭搭地說：「我現在才知道原來盧明威在騙我！」

盧明威是她那個莫名其妙公司的經理。初雲努力聽了半天，才知道這是一家專門在大陸賺錢的公司，也就是所謂的台商，什麼生意都做，只要有錢賺就行了。原本說好要讓雅如到大陸擔任分公司的財務經理，但聽說最近盧明威在那邊又找了一個會計，意思是雅如升官發財的機會報銷了。

「哦！原來妳跟我借畢業證書，就是要到大陸去當主管呀？」初雲這才恍然大悟。

「不會吧！我看沒那麼單純。雅如，那個盧威明是不是妳男朋友呀？」秋菊細心地追問。

被姊姊說中了心事，雅如不禁更傷心了。原來那間台商公司看中藥的生意很可以做，但公司中沒有人懂中藥，便想到雅如可以去大陸分公司做會計，順便唸一點藥劑方面的學科。但至少要大學或專科畢業的學歷才有機會申請到這間專門學校，所以雅如就興致勃勃的偷偷拿初雲的畢業證書去申請了。誰知學校還沒申請到，盧明威已經變了心，這下沒輒了。不過畢竟天蠍座就是天蠍座，只見雅如橫著臉說了聲：「大家走著瞧！總而言之，大陸我是去定了！」

說完像是吃了顆定心丸，她站起身來洗澡去了。兩個姊姊面面相覷，不知如何是好。

第二天，初雲上班之前考慮了好久，最後還是決定要帶那個新皮包上班。還好辦公室裡工作堆積如山，大家沒有心情問她香港之行的話題，她也只是將包包藏在抽屜裡，裝作沒事地展開一天的工作。

處理完各個媒體的大小要求後，她接到戴成原的電話。

「打了好幾次電話都找不到妳，怎麼啦？躲起來了？我像老虎是嗎？」

「戴大哥，不要說得那麼難聽。你大概忘了我才從香港回來嘛！」

「哦！原來妳是這時候去香港，我還以爲是下星期呢！害我一直在想妳又在跟我玩遊戲了！」

「沒有啦！那有這麼多遊戲好玩！」

「妳不知道我一直是很專心很寂寞地對妳演戲呀！」

「一個人演戲有什麼好玩。」

「說的也是。好了，不開玩笑。我已經約好華西飯店的公關經理和妳見面，談一下場地的事如何？」

「眞的？太謝謝你了。我還正想說需不需要我自己聯絡呢！」

「初雲小姐的一句話，我們只敢聽命行事，那敢勞動大駕！那就明天見了。」

初雲放下電話忍不住偷偷笑了。她想起范存文曾經跟她說過：「一個美麗的女人只要有一點點的聰明才智，就足以勝過千軍萬馬。」她已經許久沒和那個窮酸文人聯絡了，但願他一切安好。反正在戀愛之中，你情我願，兩不相欠。最怕是死纏爛打型，春蠶到死絲方盡，問題是對方如果根本不值得纏綿終生，這樣的愛情只能歌詠，卻不堪玩味吧！

初雲懷著忐忑的心情在約定好的時間到了華西飯店。清雅卻華麗的設計讓她心中立刻有了計劃。這樣的精緻的氣氛正是做發表會最佳的場地。在三樓的咖啡廳見到戴成原與一個高高瘦瘦的男子坐在一塊。那個男人有很濃的書卷氣，額頭很高，帶點羞澀味道，不像是一般人心目中的公關人材，但換個角度來說，也沒有人規定公關一定要怎麼做才像樣。

初雲坐下來，儀態萬千，讓兩個男人都傻了眼。好不容易戴成原開口了：「初雲，我給妳介紹一下，這是陳協理。陳協理是我們廣告界的老前輩，也是華西飯店的創業元老，有他幫忙就一切搞定啦！」

「老弟別替我吹噓了。李小姐原本對我印象不錯的，被你這麼一講就完了。」

初雲微微一笑。她知道這話中有話，但她還摸不清楚此人底細，便權充作聽不懂。她只是大方地笑著說：「陳協理，還沒請教你的大名呢！」

陳協理趕忙遞上名片，上面印著陳中新三個字，旁邊一堆頭銜，其中還有個總經理特別助理，看起來果然別有來頭。初雲便放心大膽地將自己的構想說出來。因爲事前有準備，而且又在香港和國外客戶見過面，對商品要表現的特性都一清二楚，因此酒會的型式很快就定案了。臨了，陳中新還意味深長地說：「這次要不是戴經理特別交代，我們要安排場地都有困難。通常我們的預算都排到半年以上，要不是有特別交情，否則還眞難定奪。」

「哦？你這麼說，我到底該謝謝你呢，還是該謝謝他？」

戴成原看看她，表情似笑非笑。陳中新則有點心虛地說：「當然是謝謝他了。我是看他的面子幫忙吧！」

戴成原只好開口了：「這樣吧！要謝就一起謝吧！我們公司明晚有個聚餐，是跟妳們公司一塊舉辦的。因爲美國的大老闆要來，人多一點好看。我們就假公濟私，請陳協理明天一起去唱KTV了！」

初雲才剛回來，不太清楚怎麼回事，只好胡亂跟著答應。等回到公司，她才聽說了原來麥奇廣告公司是隸屬於美國總公司的，而美奇公關一開始是其中的一個部門，但一直經營不起來，直到瑪妮加入，並主張全權獨立之後，公司才算真正的有模有樣。因此當初雲問到明天的活動時，瑪妮只是清描淡寫地說：「哦！那只是台灣分公司想擺譜而已，我不太想去參加，但是做生意又不得不裝個樣子，妳們自己決定要不要去吧！」

聽到瑪妮這麼說，意思當然是不必去了。但初雲已和戴成原約好，只能硬著頭皮說：「我和戴經理約了個客戶一起參加，不知道怎麼辦？」

瑪妮從座位上斜睨了她一眼，眼光好像有點毒辣。

「呵！妳現在比我還熱門哪！好呀！明天我們一塊去。」

初雲回到座位上不吭一聲。旁邊的純美與蓓蓓都裝著忙碌，不吭一聲。她們都知道自從瑪妮生病之後，變得多疑善妒，好像深怕別人搶了她的飯碗一樣。除了這一點，基本上她還算是個對員工不錯的老闆。

結果晚宴是在華西飯店舉行的。初雲又多認識了一些平時已看得眼熟的人。飯後瑪妮和一些高級主管一起在咖啡廳中談話，初雲則跟著戴成原等一票人去KTV。陳中新硬是被拖著來了，初雲遠遠的聽到他說：「我沒跟我老婆說呀！」

戴成原回道：「打個電話回去就得了嗎！像你這種住家男人已經是稀有動物了。而且我們昨天不是說好的嗎？」

陳中新尷尬地笑笑去打電話。初雲轉過身，當作什麼也沒聽到。又是一個已婚男人！難怪現代女子要不婚，因爲根本找不到結婚對象。

到了KTV，人多嘴雜，光線又昏暗，陳中新顯得自然一點了。戴成原和他幾個女同事在搶麥克風，初雲便只好陪陳中新說話。

「陳協理，你喜歡唱什麼歌？我幫你點！」

「哦！不不不！那都是年輕人唱的歌，我不會唱了。」

「怎麼這麼說，我看你還年輕嘛，爲什麼要裝得一副老氣橫秋狀？我猜你是山羊座的，對不對？」

「星座這種年輕玩意我也搞不懂，不過我知道我是山羊座的，只是代表什麼就不清楚了。」

對星座有特別感覺的初雲開始瞎掰：「山羊座的人是越活越年輕。當他年輕的時候看起來很老，等他老的時候又回到青春歲月。山羊座的人老得慢，因爲他的一生有一座座的山要爬，而且一座山比一座山要高，因此他必須越來越年輕，才能攀爬最高的頂峰⋯⋯」

陳中新看她說得口沫橫飛，不禁信了幾分，對她原有的幾許愛慕又增添了不少。但礙於自己已婚的身份，卻又什麼也不能做。他只能默默地注視著她，讓愛意在黑暗中淹沒。

因爲愛妳而迷失

許久未聯絡的范存文傳眞了一封信給初雲。在信中他依然瀟灑，寫了幾句問候語與幾句詩：

「初雲
眞的好久好久沒有見到妳，好像從我們相識開始我就失去了妳。
今夜的感覺如此漫長
我試著要跟著分針過完這個晚上
但是它一動也不動
好像時間沒有距離
心也沒有脈動
我的心因爲愛妳而迷失
迷失在時間的長河裡
而我不知道要從何找起」

初雲很喜歡這種被男人寵愛的感覺，但是她實在太忙了，沒什麼心情面對如此的詩情畫意，何況等一下她還得跟約好的英文老師見面呢。她得要先做好心理準備，才不會出糗呀！

前幾天她去了一家補習班，一個外籍老師先給她做了一些簡單的口語測驗，用英文問她今天的天氣如何，爲什麼要學英文等等。初雲有點緊張，回答得結結巴巴的，但是那個老師好像也不怎麼在意，彷彿說不好是很正常的事，她也跟著放輕鬆起來。考完試後，一位櫃台的小姐告訴她的等級，並問她要用什麼方式上課。如果要參加小班教學，她必須要依照時間上課，如果不能來上就等於是放棄。如果時間不允許，她也可以選一對一的教學，時間可以自由安排，但學費比較貴就是了。初雲想想自己可能沒辦法定時上課，不如選一對一的老師，比較自由而且可充份利用上課時間來學習，不像小班教學有時一個學生輪不到幾次說話機會。

今天下班後她就是要和補習班幫她安排的美國老師見面了。不過在出門之前，她還是先打了個電話給范存文，畢竟她是負責媒體公關的，雖然不想有私人交情，但公關還是得做的。結果范存文不在位子上，初雲便託他的同事留了話。

初雲來到補習班一間小小的教室中，一個金髮的高瘦年輕人已經在座。初雲忐忑不安地坐下來，沒想到那個老師一開口竟是流利的中文：「妳好！我叫尼爾森。妳是初雲？」

他的中文雖然流利，但說起初雲兩個字還是有點怪怪的。初雲點點頭，尷尬地笑著，不知道要說什麼才好。

接下來尼爾森便開始用英文教課。一個小時下來，初雲覺得自己快累斃了，等踏出補習班門時，竟覺得自己像是放出牢籠的小狗輕快得不得了。

生活中多了學英文這件事好像就忙碌了許多。她雖然沒什麼空，下課後還繼續研讀，但一件事掛在心上就好像多了一點負擔似的不自由。不過還好的是這種上課方式比較自由，也就是說在教學之餘，師生之間還會用中文聊聊天。初雲慢慢知道尼爾森是美國畢業的大學生，想在台灣學一點中文，然後到大陸去工作。但是他來到台灣之後，卻發現中文沒那麼容易學，因此決定在台灣呆久一點的時間，這也是爲什麼他會到補習班教課的原因，一面打工賺錢，一面學中文。

雖然英文要學但日子也得過下去。一天她接到華西飯店的陳協理來電，約她到飯店喝咖啡。初雲雖然覺得怪怪的，但對方是她正需要合作的對象，就算有點怪怪的感覺，也不能不去啊！更何況光天白日之下，她也沒什麼好怕的。

陳中新穿了件淺灰色的西裝坐在靠窗的角落，一臉山羊座很嚴肅的表情。初雲看到他的一本正經就有點想作弄他的感覺。

「怎麼了？陳協理，有事找我嗎？」

他微微笑了笑說：「難道沒事就不能找妳嗎？」

「找我當然可以，不過我倒不相信你是無所爲而爲的人。」

「眞是伶牙俐齒的小女孩！」

「說嘛！我洗耳恭聽呢！」初雲催促他。

陳中新還是不說，只是顧左右而言他。初雲其實猜出了幾分，但也不想說破，兩個人便你來我往，胡亂地聊起台北的交通問題與政治之間的關係。

臨別時，陳中新試探性地問了她：「如果一個已婚的男人追求妳，妳會怎麼想？」

「我會問他：你有什麼資格追求我？」初雲瞄了他一眼，又問道：「如果是你，你怎麼回答？」

「我會說，雖然我沒有資格，但是妳不能阻止我欣賞妳。」

初雲聳聳肩說：「我不管你說的是誰，不過呢，我已經打定主意不跟已婚男人交往了。」

初雲帶著勝利的心情回到辦公室。她其實不討厭陳中新，甚至還覺得他有點書卷氣，如果他未婚而且再有錢一點，也許她眞的會把他當作對象，但是一切都不能盡如人意不是嗎？

等她回到辦公室時已接近下班時間，瑪妮看到她進門就說：「初雲，劉總找了妳一個下午了，趕快回電！他要問妳那香水的案子進展得怎麼樣了。全公司只有妳最清楚，我也不好亂回答。」

初雲點點頭忙撥電話。劉相誼在電話那頭急匆匆的樣子：「初雲，明天晚上有空嗎？我到台北找妳。我約了幾個朋友見面。妳一起來吃晚餐吧！」

「慢點慢點！你不是要談香水的事嗎？」

「是啊！明天一起談嘛！就這麼說定了。」

初雲有點丈二金剛摸不著頭腦，但也只能放下電話，看看他明天晚上葫蘆裡賣的是什麼藥了。

戀愛就像剪得太短的指甲

知道今天要參加晚宴，初雲刻意跟大姐碧月借了件很性感的露肩小禮服，外面罩了件正式的上班外套，不仔細的人還看不太出來她外套裡面的玄機。其實活在台北很辛苦的，忙亂的工作與交通問題使人們，尤其是女人，無法下班後先回家換一下裝扮，也順便換個心情，再出外應酬。大部份的人都是忙到很晚，已經快來不及了，才由辦公室趕到應酬地點，別說沒時間換裝了，搞不好腦袋中裝的都還是公司的事，根本就食無知味，完全不能盡情享受美好的夜晚時光。因此一些聰明的女人會在辦公室準備好一套晚宴穿的服裝，或是穿著可以作不同造型的服裝，如初雲穿的外套脫掉，就是晚宴禮服，方便又得體，也省了回家換衣服的交通時間，也給自己一點準備的心情。

昨天晚上碧月較早回家，初雲回家時她正在和雅如聊天。秋菊因爲想出國遊學唸秋季班，最近趕著加班，把一些工作先準備好，到時才有辦法請人代班。這次她打算去的國家是英國，消費額很高，她也需要多存一點錢才行。而他們的父母自從上次回新竹的眷村老家之後，一方面爲了方便處理改建的事宜，另一方面退休的父親也想在鄉下呆一陣子，於是母親雖然滿嘴抱怨，但還是跟著父親搬回去了。現在家中只剩下四個姐妹，大家各忙各的，要見個面還眞不容易呢！

看到初雲回家，兩姐妹轉換了話題。初雲卻好奇地問：「妳們在說什麼，談得那麼起勁？」

「也沒有啦！我在和大姐說下個月要去大陸工作的事。」雅如有點不好意思地說。

「什麼？下個月就要走了？妳眞的不怕呀！」

「三姐，妳好膽小喲！去大陸又不是上刀山下油鍋，有什麼好怕的。我和另一家食品公司的老闆談好了，他們正好也是要去大陸建工廠，需要台灣人幫忙管帳，但找不到人。我們公司跟他們本來就有生意來往，他們老板聽說我有興趣到大陸發展，就找我去了。我打算讓公司就開在盧明威公司的對面，非把他整垮不可！」

「大陸那麼大，什麼地方不好去，妳又何苦偏偏跟他一個人嘔上了呢？」

「沒辦法，誰叫他先負我的？」

初雲和她談不下去了，碧月出面打圓場了：「雅如既然心已經定下來了，不如讓她去試試看吧！對了，初雲，好久沒問妳最近的情況如何？」

「還好啦！碰到一堆不怎麼有錢的老男人，而且還結過婚的。」

「對這些老男人千萬不要太客氣！他們在公司一副道貌岸然的樣子，回到家也沒人愛理他，心情空虛得很，恨不得多幾個年輕美貌的女人罵罵他們。我們俱樂部裡就常有這種客人，怎麼罵都不生氣的，還越罵越高興呢！」

自從上次被老客人氣到後，碧月又換了一個工作，在一家高級的私人俱樂部上班，擔任經理的工作，接觸的人面好像也越來越廣了。但這對她找如意郎君的幫助好像不大，因爲那些男人不是結婚了，就是只想偷腥，不願負責的花花公子。而且說實在，眞的世家子弟也不會在風月場合找對象的，剩下一些暴發戶的小開，又是許多女人追逐的對象，沒有兩把刷子還眞是搞不定呢！

無論如何，結婚眞的是人生大事，値得全力以赴，她們幾個姐妹才剛開始這場殊死戰，不能仗還沒打就先自己打退堂鼓了。於是她向姐姐借了一件晚禮服，決定第二天好好表現一下。

晚宴的地點在凱悅。這次劉相誼果然沒有讓她失望，介紹了三個朋友都是有錢人，一個叫周瑞銘，瘦瘦高高的射手座，是一家化妝品公司的小開。另一個身材比較矮胖，是巨蟹座的張華彬，家裡開木材廠的。坐在劉相誼旁邊的則是他小學同學，雙魚座的林端易，家住在台中，似乎是個土財主的子弟。

這天晚上初雲開心極了，好不容易她終於有一展才華的機會了。一會兒和周瑞銘談談化妝品的美學，一會兒又和張華彬談談印尼森林大火對台灣木材商的影響，再轉過頭和林端易聊聊台中的房地產。反而她有點忽略了劉相誼。但劉相誼好像也不怎麼在意，自顧自地喝酒吃飯。

其實後來初雲發現自己根本不必這麼用心想話題，因爲這些男人在晚上的時間是不想用大腦的，他們只是想和美女們聊些風花雪月的事，而不會眞的想從女人身上聽到什麼至理名言的。

晚餐結束後，初雲聽到他們提議要去一家酒廊，她一方面覺得自己不適合去，另一方面明天又要上班，便婉拒了。劉相誼先送她回家，再與其他人會和。

在回家的路上，劉相誼很沉默，初雲猜想這個天蠍座男人有點吃醋了，不過他們又不是所謂的男女朋友，誰也不能阻止誰的交往狀態不是嗎？不過她還是善體人意地問道：「總經理，您怎麼啦？今天看到我好像很不開心的樣子？」

「怎麼會？我只是在胡思亂想而已。」

「一塊錢買你在想什麼？」

初雲說著從皮包裡拿出一塊錢遞給他，劉相誼才笑了起來。

「真拿妳沒辦法。我在想一首歌，戀愛就像剪得太短的指甲，指尖總是感覺好痛。已無法再繼續，無法再走下去。對妳而言最珍惜的人，曾幾何時開始已不是我。」

「哦！你說的是真的還是假的？」

「當然是假的啦！」劉相誼在眼鏡片後的眼睛中閃爍著狡獪的光芒，初雲不想去分辨其中的眞僞，反正男人和女人一樣善變的，用不著爲了一點點的小事就鬧翻了天。給他們一點空間，彼此都有呼吸的機會。

一連好幾天，初雲都沉浸在興奮之中。因爲第二天才一上班，周瑞銘就約她周末一起打高爾夫球了。她連球竿長什麼樣都沒碰過，更別提打球了。不過她倒是立刻先去買了一套高爾夫球裝。

在快樂的情緒中，她還是沒忘了進修，雖然腦袋已經飄到高爾夫球場去了，但這個星期的英文課她還是繼續下去。因爲她相信英文對她來說會越來越重要了。

沒想到一整堂課，尼爾森倒打了十幾個噴嚏。初雲問他怎麼了？原來是台北天氣陰晴不定，他感冒了。初雲知道處女座的男人對病痛非常敏感，一點小毛病都覺得自己快要死了。她問清楚原來這個小氣鬼連一床毛毯都沒有，還想在台北這樣的大都會鬼混下去。她立刻動了惻隱之心，從家裡搬了一床毛毯給尼爾森，並告訴他在感冒沒好之前，先暫停上課好了。

尼爾森有點窘困地站在家徒四壁的屋子中，感激地接受她的毛毯和提議。初雲走出尼爾森租的房子，心想：「這是個需要女人照顧的小男人，絕不是我想要的男人！」

現在的初雲對自己越來越有信心。因爲她已經不會爲了同情而愛上一個男人了。

想過著冒著愛情泡泡的生活

星期天的早晨閃亮著新鮮的光芒。好像冒著氣泡的金黃色果汁，在清新的空氣中飛揚。突然之間，初雲很想過著那種冒著愛情泡泡的生活，做一個在戀愛中的女人是一件多麼幸福的事呀！

她一邊胡思亂想著，一邊換上新買的粉紅色的高爾夫球裝便出發了。家中十分清靜，秋菊還在睡覺，雅如沒回家，碧月昨天就去新竹看爸媽了。初雲心中覺得奇怪，碧月什麼時候變得這麼孝順了？但她太忙了，沒時間問這麼多。

當她下樓時，周瑞銘的那輛銀色BMW已經在樓下等她了。他穿了件很鮮豔的嫩黃外套，裡面搭配白色的球衣，看起來更英俊瀟灑了。他看到初雲便微笑著說：「初雲，我還以為妳起不來呢！沒想到妳還滿準時的。」

初雲聳聳肩說：「還好啦！六點鐘對我來說還不算太早！」

「嗯！我很欣賞妳這種健康型的女孩子。有的女孩子早上三催四請都起不來，更別提打球了。」

初雲很迷人地朝他微笑，心裡卻在偷笑。其實她就是那種女孩子，只是今天有重要的目的，她拚了老命也要起床，而且還得毫無倦容，一臉神采奕奕的樣子。光憑這一點，一般女人就要甘拜下風了。

銀色的BMW流暢地滑過市區清晨的街道，很快地便上了高速公路，來到楊梅附近的一個高爾夫球場。周瑞銘一到便幫她介紹了兩位球友，一個是股票族蘇本均，一個電腦公司的老板黃彼德。四個人開了兩輛球車便往綠雲細草的球場開去了。

其實初雲根本不會打球，三個大男人裝模作樣地教了她一會兒也就算了。不久之後，他們開始專心地打起球來，初雲只好時而站在大太陽下，時而躲在樹蔭裡，一邊在心裡氣憤著太陽為什麼這麼毒辣，一邊還得裝著笑臉，為某個人精采的球技喝采一下。

好不容易到了日正當中的時刻，周瑞銘終於決定要休息了。蘇本均與黃彼德兩人決定要繼續打下去，於是周瑞銘開車帶著初雲又回到了台北。他們先在仁愛路一家私人俱樂部中吃午餐。這時初雲已經換上一件她事先就準備好的低胸洋裝，周瑞銘帶著讚賞的眼光看著她。這是今天第一次讓她覺得自己還有點價值。

射手座的周瑞銘腦海中似乎總是不停地轉動著，親切可愛的性格之下似乎有著無比犀利的爆發力，讓初雲感覺新鮮又有趣。

「初雲，妳看了最近的電影《烈愛風雲》沒有？」

周瑞銘突然問她，讓她摸不著頭腦。她搖搖頭說：「沒有。你看了嗎？」

「我沒看。不過我知道那部電影的原作是寫過《孤雛淚》、《雙城記》的狄更斯。他描寫的是一個老婦人在新婚之夜就被丈夫遺棄了，她一生都保留著那件新娘禮服，心中充滿了對男人的恨意，也不斷對和她住在一起的姪女灌輸男人之可恨。最後年輕女孩碰到一個深愛她的男人之後，卻不懂得該如何去愛，反而處處以恨來取代愛。」

「哦？沒想到是這樣的電影。我以爲是普通的文藝片。」

「如果換作是妳，妳會記恨一個男人一輩子嗎？」

「我想我不會。」初雲笑著拿起水果沙拉上的一粒櫻桃，「要愛一個人不容易，要恨一個人一輩子那也一樣不容易。」

「愛情對妳來說是這麼清淡的事嗎？」

「也不是這麼說。我相信人間有許許多多種不同的愛，同性戀、異性戀、雙性戀、友愛、親情、對萬物之愛…每種愛都有他的道理，而恨不過是愛的另一面。沒有那樣深刻的愛，怎會有如此深刻的恨？」

「聽妳說得好像已經歷盡滄桑了？妳幾歲？有沒有二十三歲？」

初雲差點笑出聲來。她沒想到自己的外表還能唬人。

「你已經犯了女人的大忌啦！女人有很多秘密是不希望男人知道的。」

「到死也不能透露？」

「當然！」

「我懂了！原來女人最恨的不是男人，是年齡。」

周瑞銘說著起身去付帳，然後跟櫃台商量了一下，再回來對初雲說：

「走！我帶妳到十二樓去玩玩。」

初雲心中有點忐忑不安地跟著他上了十二樓。一出了電梯就好像來到一個世外桃源，非常清麗高雅的空間設計讓她以爲自己置身巴黎或紐約。一位衣著高雅的男士迎面而來，帶他倆進入了一間包廂，裡面已經有人在座。初雲偏過頭去看了一下，才知道那是一個牌桌。幾個男男女女正在打橋牌。

他們看到周瑞銘進來也不打招呼，似乎非常熟悉的樣子。周瑞銘要初雲坐在一邊陪他，自己便加入了戰局。服務生不停地添茶送水，倒讓初雲覺得無聊了起來。她開始專心研究周瑞銘打的是什麼牌，但三分鐘後便失去了耐性，她開始胡思亂想起來。她想像自己如果眞的如願和這個男人結了婚，會不會也是過著像今天這樣的生活，打打球，打打牌，吃吃飯就完了？其實她知道周瑞銘並不像一般的花花公子，甚至有時他說的話她還不見得聽得懂呢！不過這時要惡補也來不及了，而且就連學個英文也是三天打魚兩天曬網的，自從尼爾森生病之後，她藉口讓他休養便一停數個星期，現在連想上課都覺得力不從心。

一個不算短的下午就這樣過去了。初雲看周瑞銘打得很高興的樣子，以為他贏了牌局。沒想到一問之下，才知道他已經輸了一百萬台幣。初雲嚇了一跳，原來他們一賭都是以百萬計價的，周瑞銘覺得自己輸得不算太多呢！不過這時初雲已經沒有了玩興，周瑞銘便送她回家了。

初雲回到家，屋中還是冷冷清清的。她攤在沙發上看電視，覺得自己快累斃了。朦朧之中，她做了一個夢，夢見自己在一間充滿金黃色泡泡的屋子中，有些泡泡是櫻桃味的，有些泡泡是芒果味的，有些是香檳味的，有些卻是苦澀的黃蓮味。初雲正在樂不可支時，突然一陣強風吹來，那些泡泡都被吹走了。

她想要去抓住泡泡，卻有人拉著她的腳，不讓她走。

「初雲！初雲！」是大姐碧月的聲音。

初雲醒了過來，發現自己躺在沙發上睡著了。碧月正在拼命地叫她。

「什麼事？嚇死人了！」

「哎呀！很重要的事嘛！我今天又碰到我夢想中的那個人了。」

「妳說的是誰？我一點也聽不懂。」

「哦！我沒告訴妳呀！我還以爲我說了呢！好啦！反正我最近不是常回新竹嗎？其實不是我那麼愛回去，而是想看到一個人。」

原來碧月第一次陪父母回新竹時就有了豔遇。那天下午她離開家，一個人漫無目的的四處走走，想看看這個兒時生長的環境有了什麼樣的改變。沒想到在一片木麻黃樹下，她迎面撞見了一個高高壯壯的男人。她根本已經忘了那人是誰，那人卻瞪著她像看到鬼一樣。

「妳⋯是碧月嗎？」

「是呀！你是誰？我們認得嗎？」

「認得。我是隔壁巷子的王家聘。」

「完全沒印象。不過沒關係，有空多聯絡。」

碧月說完便向他道別，逕自回家了。當時她也沒將這件事放在心上，等過了一陣子，她老是聽母親提起一個隔壁村的男孩子從美國學成歸國，現在多有出息，每個月賺多少錢，她才疑心起來是不是就是自己碰到的那個男人。於是她不由自主地經常想回去看看，是否能再和那人見面。

沒想到這個星期天的早晨，碧月果真又碰到了那個王家聘。

「眞的？怎麼會有這麼巧的事！快說來聽聽。」

初雲的睡意已經全消。在夢中她沒有抓到一顆甜美的泡泡，沒想到真實生活中的碧月卻懷抱了滿滿的一把愛情泡泡。

好像連愛人也成爲一種弱點

星期一總是很難過的一天。初雲努力想集中精神，但是腦筋好像無法聽她使喚，思緒總是飄向不知名的地方。

雖然今天有很多電話要回，她也一心一意要把工作儘快完成，但是她腦中還在想著昨天姐姐說的話。

碧月自從見了王家聘，又知道他單身而多金之後，心中已經打定了主意。她經常回新竹去，沒事就在門口晃晃，希望能再見到他。而這一次她絕不會再讓他由手中溜走，她要在兩週之內便搞定，絕對把自己嫁掉。

不幸的是，碧月連著回新竹老家好幾趟都沒見著他。只聽說他在台北的一家外商公司工作，不常回老家的。碧月想打聽他在那裡工作，想想又算了。在這個年代好像連愛人也是種人格弱點一樣，她可不想八字還沒一撇就先低頭了。於是星期天的下午，她意興闌珊地回台北了。她到了車站，正在想要搭什麼車回台北，突然有人叫她：「碧月！妳怎麼也在這裡？」

碧月轉過身來，看到王家聘笑盈盈地站在她身後。

「咦！怎麼會遇見你？」

「眞有緣。妳也要回台北嗎？我剛問過統聯還有位子，正想買票就看到妳，要不要一起搭車？」

「好呀！沒想到你今天也回來了。」

「嗯！我的車壞了，送廠去修理。本來不想回來的，但是昨天是我媽生日，不回來給她慶生，她一定會生氣的。所以我昨天就到了。」

碧月在心中爲那個老人家的生日慶賀了一下，畢竟如果不是她的生日，也許這對年輕的戀人就沒有機會碰面了。

車票買好後，車子已經在等待乘客了，他們使魚貫上車了。一路上王家聘說個不停：「碧月，妳知道嗎？這次看到妳好驚訝。我一直以爲妳已經結婚了。」

「為什麼？我有那麼老了嗎？」

「不是。小時候妳家的幾個女孩子都是我們心目中的偶像。那時候風氣還很保守，妳們一個個打扮得跟女明星一樣，男孩子看到妳們都偷偷的品頭論足一番。」

「那你呢？我現在想起來那時候你的個子好像不高，現在卻超過一八〇了？」

「沒錯！當時我個子矮小，又很自卑，看到妳就臉紅心跳，根本不敢跟你說話。」

「哦！我還不知道我有這麼恐怖呢！」

「也不是啦！後來我出國唸書，妳們也搬到台北，就更不可能有機會見面了。」

「眞的！實在好巧！你在國外都沒有交到女朋友嗎？」

王家聘聽她這麼一問，遲疑了一下才說：「坦白說，這些年來前前後後也交了不少女朋友，但是都沒有眞正合得來的。如果是和我的夢中情人比起來……」

他說著欲言又止。碧月卻好奇起來：「哇！好誇張！你還有夢中情人！能告訴我是誰嗎？」

王家聘深深地看了她一眼，只說了一句：「以後妳就會知道的。」

不知不覺間，車子已快到台北，眼看著兩人就要分手，卻什麼也沒聊到，連個約會都沒訂，碧月不禁有點焦慮起來，不過她絕不會先開口的。

等車子停了，他們隨著乘客下車之後，王家聘突然開口了：「妳明天有空嗎？我想請妳吃晚飯？」

碧月摒住氣息，然後聲音有點顫抖地說：「應該有空。幾點呢？」

「六點半，我去接妳。我先送妳回家吧！」

他招來一輛計程車，兩人上了車，司機將收音機開得很大聲，兩人不便說話，倒也解除不少尷尬。

第二天晚上，也就是今天下班後，碧月就要和王家聘見面了。初雲想到這一點，也不禁爲姐姐高興起來。不過她其實一點也輕鬆不起來，因爲今天的工作量很大，她要寄好多份公關資料，而且坐在她對面的蓓蓓又辭職了，剩下她和純美兩人變得工作加重了許多。

蓓蓓臨走之前和她們兩人一起吃過飯。那天是午餐時間，她們一起到附近的小店吃午餐。蓓蓓提到自己的去處說：「其實這個工作我還滿喜歡的。我只是做累了，有點想休息一下。」

「妳打算出國還是想做什麼呢？」純美好奇地問。

「我不知道呀！我也很羨慕別人能出國，到處走走。可是那要好多錢呢！」

「妳可以自助旅行嘛！不會太貴的。」純美一副很認真的樣子，好像是在計劃她的未來一樣。

「看看吧！老實講，我眞正想做的是嫁個好老公，享受一下良家婦女的生活！」

她說得大家都笑了。

「我看妳不必等了。如果妳只是守株待兔，男人那種笨兔子會在撞到樹之前就被精明的女人抓光了，絕對輪不到妳的！」初雲替她下了結論。

其實她自己的心情何嘗不是如此。只是這是個不適合結婚的年代，而她絕不是個勇敢的戰士。面對愛情的困難時她會退縮，而不是勇往直前，更不可能找到一個勇敢的男人來愛她了。男人和女人在愛情上都不勇敢時，怎麼可能期望有轟轟烈烈的愛情火花出現？

想到這一點，初雲不覺有些心灰意懶起來。但是眞的沒有她能愛的男人，這也是她的錯嗎？

「初雲！有人送花給妳。我幫妳簽收了。」

初雲謝過純美，接過那束粉粉的玫瑰。她心中懷疑誰會有這麼浪漫的情懷？

在一片粉嫩的花朵中，她找到一張卡片，上面沒有署名，只寫著幾句話：

「粉紅色的玫瑰
讓我想到春天的下午茶
花瓣飄浮在清淺的水池中
是誰遺忘了的約定？」

初雲嗅著清雅的花香，心中胡亂地猜測著。

在互相擁抱中變得越來越不了解

初雲的直覺力一向很靈敏的。她和林端易的戀情果然發展下去了。他白天晚上都會打電話來，在辦公室中情話綿綿讓人側目，因此她盡量長話短說，卻還是引人注目。何況是這麼小的辦公室更讓人別想保有任何秘密了。

幸好初雲還有些工作要應付，否則她眞想和姐姐一樣，兩個星期就把婚期搞定。碧月在第一次和王家聘約會回來時，雙眼發亮地對初雲說：

「初雲，他終於向我表白了。其實他第一次看到我時，就想告訴我了。可是我那時太驕傲了，差點錯過了一個好男人。」

「眞的？他怎麼說的？」

「他說其實他從小就喜歡上我。但是妳也知道，我們一家女孩子都打扮得像公主一樣，眼睛長在頭頂上，誰也看不上眼，毫不出色的他自然更不被看好。老實講我還眞有點記不得他長什麼樣子了。」

「這麼多年過去了，他都還記得妳？眞不可思議！」

「是啊！我也不知道我原來魅力這麼大。當初他不敢向我表示，只是拼命唸書，在學校表現好成績，希望能引起我注意，誰知道我是個壞學生，從不注意那種乖寶寶型的男人。等我國中畢業，家搬到台北之後，就更沒機會了。他呢大學唸完便出國了。如果不是這次回國找到工作，我們還不一定有機會碰面呢！」

「難道他都沒有遇到過別的女人？我不太相信。」

「哎！只要他現在確實是單身就好了，何必計較那麼多過去的事！誰沒有過去？我連問都懶得問。」

「妳說的對！我們是要談戀愛，又不是要做考古學家或歷史學者。」

「現在的他身價不同了，在美商公司擔任高級主管，年收入還不錯，我想我可以嫁他了。」

「妳眞的那麼肯定？妳愛他嗎？」

「兩個星期後告訴妳答案。」

在兩個星期之前，初雲還是有好多事要應付。首先她要打電話問劉相誼贈品的事，再給戴成原回電話。劉相誼在電話中的聲音有些冷淡：「這件事我已經交待秘書處理了，妳打電話給我就是爲這件事呀？」

「怎麼啦？我不能打電話給你嗎？那請你轉給秘書小姐好了！」初雲也沒來由的生氣了。

「好啦！大小姐別生氣吧！我只是想妳大概已經忘了我了，所以要刻意和妳保持一個距離，以免自己受傷嘛！」

「你在說什麼呀？神經病！誰敢傷害你呀！我那敢忘了你！我們什麼時候

見個面吧！」

電話那頭的聲調有點不同了：「嗯！前幾天張華彬才打電話來，說要約妳吃飯。妳看妳魅力多大。」

這種巨蟹座男人眞會用迂迴戰，浪費好多時間。初雲心中想著，嘴裡卻應著：「是嗎？他如果眞有心，叫他自己打電話來！」

不過在與劉相誼、張華彬見面之前，初雲今天晚上已經決定要和林端易到台中出遊了。她不是沒事就愛請假的人，不過或許是受到姐姐的影響吧！她不知不覺想要加快腳步。

林端易穿了一身黑色的西裝，三宅一生的立領白襯衫，使他看來更瀟灑了。他開著一輛白色的保時捷，意興風發的神情十分迷人。他們在午夜時分到了台中，先到他在台中的豪宅放下行李，再去中港路吃宵夜。初雲慢慢知道他家原來是台中地方的地主，另外他父親又在桃園一帶買房地產，所以他小學時代會和劉相誼同學。他的父親已經去世了，家人出國的出國，其他的大部份住在台北，也很少人下台中了。只有還是單身的他偶而會奉母親之命下來看看房子。

無論如何，初雲相信這個男人是當丈夫的不二人選了。當天接近黎明時，他們才上床睡覺。初雲心滿意足地擁抱著林端易，心中猜測著他用的是什麼樣的香水。

第二天，初雲還在朦朧之中，突然聽到一陣劇烈的咳嗽，她嚇了一跳，驚醒過來。她看到林端易光著上半身坐在床沿，旁邊的玻璃桌上有一堆白粉，他正在用鼻子吸著白色的粉末。

看到初雲被吵醒了，林端易不好意思地笑笑：「不好意思，吵醒妳了。」

「你…你在做什麼？」

「哦！」他轉頭看看桌面，「實在沒辦法，昨天太累了，提不起精神來。現在我好多了！走吧！我們吃早餐去。阿巴桑已經準備好了。」

「你⋯⋯你吸毒？」

「妳覺得驚訝嗎？我以爲妳會了解的。」

初雲不便再說什麼，林端易看她沉默了，便過來擁抱她。他的體溫很高，讓初雲覺得溫暖，但在互相擁抱當中，初雲卻覺得對他越來越不了解。

從台中回來之後，初雲便陷入掙扎之中。說實在，她很喜歡林端易，善體人意，溫柔體貼，而且家財萬貫，一生不愁吃穿。唯一的問題是他吸毒。想到一個吸毒的男人能提供她一生什麼保障？初雲的心頭不覺涼了半截。

林端易還是一樣會打電話給她，她偶而心情好時會和他幽會一下。心情不好時就假裝忙碌，將他排除在腦海中。因爲她很清楚，要叫一個雙魚座的男人改變吸毒的習慣是很難的，如果眞要改變他，不如改變自己。

就在矛盾交戰之中，張華彬終於打電話給她了。在電話中他也是很迂迴地問：「我聽劉相誼說妳最近有時間，我想請妳和他。」

「沒關係，我最近會和他見面談事情的。我和你單獨見面好了。」初雲直截了當地說。

張華彬顯得喜出望外，連說話的聲音都不同了。

「好啊！我們就約星期六晚上好了。」

初雲知道星期六林端易會來找她，但她決定給張華彬一個機會。雖然愛人是很辛苦的，但畢竟戀愛是件自由的事，還是單身的她，還沒有定下心來的她有權力決定自己要和誰約會。於是她簡短地說了：「可以，我們星期六晚上見。」

在好久以前我一定見過妳

過了沒幾天，初雲就知道那束浪漫的花是誰送的了。一個下午，她接到一通電話，是那個浪漫的雙魚座林端易打來的。

在電話中，他的聲音也十分的溫柔。

「初雲，我就在妳公司附近的咖啡店，我想請妳喝下午茶。」

初雲笑了，沒再說什麼便答應了。

她下了樓到隔壁的下午茶店，果然看到他一個人坐在那兒。

「你怎麼找到我公司的？」

「不！這個咖啡店眞的是我很喜歡的一家店，我是後來聽劉相誼說才知道原來妳就在這附近上班，才一直想找妳喝下午茶。」

侍者過來問她要點什麼？她看看林端易的茶杯上果然有幾朵粉紅的玫瑰，就問他點的是什麼茶？

「我點的是藍莓水果茶。妳可以點橘茶，很清香的味道。」

初雲接受他的好意，點了橘茶，卻不知道自己的杯子上是否也會有粉紅的玫瑰花。

「我猜想應該是你送的玫瑰？」林端易笑著沒有回答。

「是我讓你想到粉紅的玫瑰，或是粉紅的玫瑰讓你想到我？」

「妳知道嗎？我覺得在好久以我一定見過妳。但是我不知道是什麼時候，什麼地方？」

「也許是在夢裡？」

「可能吧！」林端易斜睨了她一眼，「也許是前世？誰知道。」

侍者送上茶來，果然茶杯上有玫瑰的圖案，但卻是深紅的玫瑰，卻不是清清淺淺的粉紅。

不知道為什麼，初雲突然有一點戀愛的感覺。或許她不是愛上眼前的男人，而是愛上深淺有緻的玫瑰，愛上這多情的下午。

喝完茶之後，初雲回到了辦公室。但她的心中有一點危險的感覺，不知道是為她自己或林端易而感到危險。

初雲魂不守舍的捱到下班時刻，立刻揹起包包就要走。瑪妮卻叫住了她：「初雲！樓下的戴經理找了妳好多次，今天碰到我還提起妳。怎麼啦？妳的案子擱淺了嗎？」

不知道為什麼，自從瑪妮知道戴成原的事之後，對她就有些尖酸刻薄起來。初雲心想其實瑪妮根本用不著大驚小怪，自己的目標不過是找個有錢人嫁掉，根本不會威脅到她的。

「也沒有呀！就是客戶要求東要求西而已。我想戴經理要和我談贈品的事吧！他要客戶先送贈品，還沒談妥就是了。」

瑪妮不再吭氣。初雲撥了電話給戴成原，但是沒人接聽，於是她留言在答錄機上，便先離開了。

她走在忠孝東路上，心中有千百種想法，卻不知道眞正的自己在想些什麼。不知不覺，她來到SOGO，便進去隨意的逛逛。逛到紀伊國書店時，突然有人撞了她一下，她正想看是誰這麼不禮貌，一轉頭卻看到是黃彼德笑嘻嘻地站在眼前。

「妳也來逛書店呀？眞想不到。」

「怎麼？你以爲只有大老板才會逛書店嗎？」

初雲上次打球時聽他說過他是電腦公司的老板，便拿出來糗他。

黃彼德立刻舉起手作投降狀：「不要那麼兇嘛！我只是跟妳打招呼而

已。」

他倆邊聊邊逛，初雲很驚訝他對各種資訊的吸收能力很強，不像是個只會打球的花花公子。

「看起來你平時還會看看書嘛？」

「還好啦！妳還記得蘇本均吧？他是股票族，每天玩股票，但是也花很多時間在研究各種情報上。我是做電腦業，新資訊的吸收更是不能停的。像妳在做公關一樣，不是也很需要吸收新資訊嗎？」

初雲點點頭，心中倒很開心能和這麼一位善體人意的男人一起逛書店。在閒聊當中，初雲才知道黃彼德是雙子座的人，難怪愛逛書店。另一位蘇本均是天秤座的，除了賺錢之外，也喜歡收集藝術品，大約是想在藝術與金錢之間找尋平衡吧！他們兩人都已經結婚了。初雲嘆口氣說：「哎！你能不能告訴我，爲什麼好男人都是已婚的？難怪這麼多單身女子嫁不掉！」

「妳這是太抬舉我了。或許別人家的草坪都比較綠吧！我記得當初在找老婆時也是找得頭破血流。等結婚之後，身邊突然又冒出一堆很優秀的女孩子，才奇怪爲何當初她們不出現呢？」

兩人說著都笑了起來。

「也許你說的對，把握現在很重要。眞遺憾我太晚出現在你生命中了！」

「一點也不晚。如果妳是以前出現，我可能會被妳整死了！」

黃彼德說著吐吐舌頭，初雲笑著搥他一拳，兩人這才分手了。

初雲帶著明朗的心情回到家，只有秋菊一個人在，匆匆忙忙在整理行李的樣子，但又一邊眼眶紅紅的。初雲驚訝地問：「二姐，妳怎麼啦？」

秋菊放下手邊的工作，眼淚一串串地滴下：「我和彭文富分手了。我好想立刻就出國去！」

「別哭！坐下來慢慢說嘛！」

初雲看她掉淚，自己也跟著想哭。她想到這些日子以來所遇見的男人，全都那麼親近卻又遙遠，他們都曾經相識，卻永遠只是些陌生的過客。

讓昨天的雨水隨著河川流逝而去

秋菊的出國計劃還沒有成形，雅如倒在星期六一早就把每個人都吵醒了。這天是週休二日的假期，每個人都在睡覺。

「大家快起來呀！我明天就要走了！大姐幫我整理一下行李！」

「妳在說什麼呀？哪有說走就走的？」碧月被吵醒了，沒好氣地罵人。

「大姐！我不是早跟妳說過我要去大陸的嗎？我跟秋菊說過，她沒告訴妳們呀？」

睡眼惺忪的秋菊也不高興地回道：「妳天天都在說要去大陸，誰知道是眞是假？」

「眞的啦！我的機票都買好了，台胞證也下來了，妳們看，不會騙妳們的啦！」

這下子全部的人都清醒過來，圍在雅如身邊問東問西。原來她果然是要去那家食品公司做財務主管，公司果然也設在盧明威公司對面。雅如說那是上海的一棟商業大樓，很多台商都在那兒成立辦公室，沒辦法的。初雲知道只要她想做的事，她總會爲自己找足理由的。大家也都無話可說，只有忙著打電話告訴爸媽，幫她準備行李了。

雅如這麼一鬧倒給了初雲一個最好的藉口，林端易來電話的時候，她以雅如要出國自己不方便出去爲理由拒絕了他。到了約定的時間，張華彬果然來接她了。

張華彬穿著一件鮮豔的襯衫，搭配淺灰色的西裝，白皙微胖的身材看起來很可愛的樣子。初雲風情萬種地微笑著說：「沒想到你眞的有勇氣打電話給我。我以爲我們不會再見面了。」

張華彬受到了鼓勵，臉色有點微紅：「我想妳一定吃膩了大飯店的大餐，今天晚上我帶妳去貓空，欣賞一下台北的夜景，好不好？」

「好啊！常常聽人提起貓空，還從來沒去過呢！」

張華彬將車子開向木柵的郊野。沒想到這時正是前往貓空途中的熱門時分，車行變得十分緩慢。幸而張華彬很愛講話，幾乎將出生以來的大小事情都報告了一遍。他家原來是從事木材業的，在印尼有一個很大的木材工廠，他從小是在印尼跟著祖母長大，等讀中學時才到台灣來。所以他講話時還是有一點點的鄉音。顯然巨蟹座的他是個很戀舊的人。

好不容易車子找到停車位了，初雲和張華彬漫步在夜涼如水的林間，台北的燈光車影看來像是一個遙遠的夢，重複不斷，永不停歇。

在點菜時，初雲發現張華彬還是個美食家。他很細心地研究菜單，問廚師如何做三杯雞或茶油雞之類的，顯然是個住家男人的形象。初雲卻對吃不感興趣，由他去張羅茶水飯菜了。

最後張華彬點了茶油雞、炒川七、三杯中卷和苦瓜湯，擺了一桌的菜餚，初雲眞不知從何下手。張華彬卻很開心地邊吃邊聊，不知不覺一桌菜餚也吃得差不多了。初雲很少吃得這麼盡興的，心中對這個男人有了不一樣的評價了。她想，雖然他守舊了點，又有點乏味，不過很能給人安全感，是個當丈夫的最好人選。

吃過飯後，張華彬帶她到另一個茶亭喝茶。他點了茉莉綠茶與瓜子等小點心，心滿意足地坐在石椅上享受夜間山中的涼意。然後他開口了：「初雲，妳有沒有男朋友？」

「問這個幹嘛？」初雲有點戒心地說。

「了解妳一下啊，免得製造妳困擾嘛！」

「我還沒結婚，就表示我有追求戀愛的自由，不是嗎？」

「哦，是嗎？」張華彬喃喃地應道。「其實我不是很了解女孩子的。」

「你以前交過女朋友嗎？」初雲反過來問他。

他遲疑了一下才回答：「有一個從小青梅竹馬的女朋友，本來都打算結婚了……」

張華彬欲言又止，顯然這是種傷痛，他不太想提起。換句話說，也就是他不太想忘掉這件事。

「你們爲什麼不結婚呢？」初雲好奇心眞的來了。

「因爲我們到台灣之後，她和我上的是不同的學校，她後來又認識了別的男孩子，我們就散了。」

「這件事對你打擊好像很大？你一直忘不了她？」

張華彬不安地挪動了一下身體，然後說：「我們不談這個好吧！過去的就讓它過去吧！」

初雲不想逼他，只轉頭看著山腳下在月光中潺潺流過的溪水，輕描淡寫地說：「讓昨天的雨水隨著河川流逝而去吧！」

「妳說什麼我沒聽見？」

「沒什麼。我覺得好冷，我們回去吧！明天我還要送我妹妹到機場呢。」

星期天的早晨，全家人忙亂成一團。好不容易要出門了，碧月又爲了找不到要穿的鞋子拖了一陣子，雅如氣得一直罵她無聊。她卻好整以暇的說：「就是因爲我這麼細心搭配，才能找到好老公呀！」

「眞的嗎？」初雲興奮地說，「大姐眞的搞定了嗎？」

「我不是告訴妳兩個星期嗎？現在才過了一個星期，急什麼？下星期再告訴妳。」

四個姐妹剛好擠一輛計程車，到了機場。趕著辦完手續，就到分別的時候了，雅如倒還有說有笑的，秋菊眼睛已經紅了。碧月故作鎭定，初雲心中酸甜苦辣交集，幾乎無法開口說再見兩字。

碧月最後說：「雅如，一到就要打電話回家，免得我們爲妳擔心。」

「放心啦！大姐，妳等著聽我的好消息吧！」

「什麼好消息？」初雲有點摸不著頭腦。

「還不是那個盧明威的事，我看你們兩個眞是沒完沒了。」

送走雅如後，三個姐妹突然覺得孤單起來。碧月笑著說：「平常嫌她吵，現在她走了倒令人想念起來了！人眞是奇怪的動物！」

不是嗎？人間如果沒有感情，哪會有這麼多的牽牽扯扯？而這不也正是人間世可愛之處？初雲胡思亂想著。

夜裡也盛開的花兒是否也做了夢？

初雲終於和戴成原通上了電話。他說話的聲音也帶著笑：「初雲，我知道妳很忙，每天忙著接受別人的鮮花獻殷勤，連老朋友都忘了。」

「誰說的？戴大哥，千萬不要聽人家亂說。關於贈品的事…」

「哦！劉總的秘書已經跟我聯絡過了，早解決了。我是想幫妳介紹一位服裝公司的老板，他願意贊助服裝及模特兒部份，不過廣告時要打他公司名字就是了。」

「好呀！香水加上鮮花，再配上美麗的模特兒，這個發表會已經成功一半了。」

他們還是約在華元飯店與王子芳見面的。王子芳是個金牛座的男人，穿著講究，初雲一見他就有好感，只是很不幸，他也是個已婚男子。

三個人公事一下子就談完了，剩下時間就閒聊起來。剛好負責公關的協理陳中新有空，就過來陪了他們一下。初雲很自在地和陳中新打招呼：「陳協理，好久不見！」

陳中新自己倒有些不自然起來，好像手腳都不知道如何擺放了。

「初雲，別逗人家了。陳協理是老實人，哪能承受妳這種單身公害的攻擊？」

「喂！我最痛恨人家用單身公害這種字眼了。有本事就不要接受誘惑，幹嘛把責任推給女人？」

「王老板，你聽清楚了啊？」戴成原誇張地說，「如果發生任何事，都是你自己要負責，李小姐是不負任何責任的。」

他這麼一說，大家都笑了。獅子座的男人就是這麼可愛，如果不是他已經結婚，初雲倒眞願意和他交往呢！

一切都談妥之後，王子芳又和她約了看服裝的時間，大家就散了。回到辦公室之後，初雲打電話給劉相誼，告訴他有關發表會的進度。

劉相誼還是有點陰陽怪氣的，他問道：「張華彬和妳碰到面了嗎？」

「哦！見過了。怎麼啦？他跟你說了什麼？」

「也沒什麼，他只是一直問妳有沒有男朋友？」

初雲笑了起來：「他怎麼那麼無聊？你怎麼回答的？」

劉相誼沒好氣的說：「我那知道該怎麼回答。我只是告訴他要自己去觀察，不過這個女人基本上是很難纏的。」

「你亂講！破壞我名譽！」

「這那是亂講，眞的是這樣嘛！好了，我要去忙了。妳把服裝看過，我們再詳細討論一下就行了。」

初雲就在星期三去看了服裝。王子芳的公司在林森北路，一條蜿蜒的小巷子裡，附近都是服裝公司的工廠或店家。

王子芳一見了她就讚嘆地說：「初雲，妳很有品味。看妳穿鞋子就知道。」

初雲低頭看看自己的細跟鞋子，不知道是怎麼回事。其實這是她姐姐碧月的鞋子，她隨便抓來穿的。

「我最怕看到一個秀氣的女人卻穿著粗跟大頭鞋，會讓我喘不過氣來，什麼情緒也沒了。妳知道做服裝的人是很重視細節的。」

初雲偷偷吐吐舌頭，好險！今天差點被一雙鞋子給毀了！

初雲跟著王子芳在店中看過幾十套才剛做好樣本的冬裝之後，終於選定了幾套展示用的服裝。

初雲看得出這個金牛座的男人是很講究生活品味的。他的辦公室中擺滿了藝術品與美麗的畫作。在牆上是一個很別緻的相框，框著一條繡著各種花朵圖紋的絲巾。

「這是我在歐洲買到的絲巾，我很喜歡就框起來了。有時候工作累了，看看這些從不休息的美麗花朵，就覺得精神好起來了。」

「這些夜裡也盛開的花朵，是否也會作夢？」初雲癡癡地看著那些豔麗的花朵自言自語著，「你的工作給我一種好浪漫的感覺。你一定經常去旅行吧？」

「因為工作需要，我必須一年兩季去巴黎看秀，順便到歐洲國家做一些採購。」

「你去過這麼多國家，最喜歡的是哪個國家？」

「讓我想想看。我喜歡日本的精緻整齊，也喜歡巴黎毫不造作的美，還有維也納的古雅風景⋯其實好多地方我都愛。我喜歡接近大自然，旅行讓我心胸開朗。」

「真羨慕你！我只去過香港，時間好趕，也沒什麼特別感覺。」

王子芳看她一眼說：「以後機會多得很。我們去吃午餐吧！」

「不了！我出門時老板說等我回來開會的，我要趕回去了。」

初雲便告辭了。回到辦公室，瑪妮和純美果然在等她。瑪妮談了一下公司近況，並提到可能會再和麥奇廣告公司合股的事，初雲對這些行政工作不感興趣，只是應付了一下。純美倒提起工作量太大，要求再增加人手。瑪妮表示已經在找人，問題是高不成低不就，新人難找等等。

開完會之後，初雲突然接到一個莫名其妙的電話：「李小姐，請妳注意一點自己的行爲，不要跟已婚男人鬼混！」

那是個女人的聲音，故意用台灣國語的腔調說話。

「妳是誰？憑什麼打電話來騷擾我？」

「妳用不著管我是誰！反正我是好意，妳要小心，如果妳再跟有婦之夫鬼混，有人會找妳算帳！」

電話就掛斷了。初雲氣得臉色發白，純美問她怎麼了？她不想多說什麼，便揹了包包出門去了。

陽光像是突然寄來的明信片般出現

離下班時間還早，但是初雲已經決定不回辦公室了。剛才接了那通莫名其妙的電話使她已經沒有工作的心情了。

她開始仔細想會是誰那麼無聊打這個電話來？她所交往的一些男人當中確實有些人是已婚的，但她一直堅持不與已婚男子談戀愛，因此不可能會有誰的老婆那麼無聊打電話來騷擾她。她甩甩頭，當作那個無聊女子打錯了電話。

不過她的心情還是開朗不起來，經過東區的電影院時，看到《烈愛風雲》的廣告，突然想起周瑞銘的話，便決定去看這部電影。同時她也在懷疑自從上次見過面後，周瑞銘都沒再聯絡的理由是什麼？

離電影開演還有五分鐘，初雲無聊地在巨型海報前發呆。突然有個人叫她：「初雲！初雲！」

她轉過身來，用一種如夢初醒的表情望向聲音的來源。

她的眼前站了一個熟悉又陌生的男人。她微微一笑，想打招呼卻不知從何說起。

「我是蘇本均，妳已經忘了我哦？」

「哦，不！前幾天還碰到黃彼德，他還提起你來呢！」

「是呀！我也聽他說了。妳一個人看電影？」

「嗯！聽朋友說這部片子還不錯，想來看看。」

「妳坐第幾排？」

「十二排。」

「我在妳後面一點。不過看起來人不多，等會兒我去找妳。」

電影要開演了，驗票員開始驗票。初雲進去找到自己座位坐下，不一會兒蘇本均果然到她身邊坐下。戲院裡只有三五個觀眾，而且大多數是女性，顯然一兩百年前的作品不是現代人的迫切需要。

「最近好嗎？彼德跟我提起妳之後，我一直想打電話給妳，但是我的坐息時間和一般人不同，也不知道妳有沒有空，就算了。」

「聽說你在作股票？平時會很忙嗎？」

「也還好啦！就是早上比較忙一點。以前我還做期貨，生活更是日夜顛倒。現在只有股票，股市收盤後就沒事了。」

「嗯！聽起來蠻自由的，又能賺錢，難怪這麼多人在玩股票。」

「其實也不見得，這就像如人飲水，冷暖自知了。前一陣子我看到一則大陸新聞，深圳有一名婦人炒股票賺了很多錢，便移民到美國去。她當時已經結婚，但是卻在股市中與一位有婦之夫發生了關係。她不但出錢幫他辦了移民，還計劃兩人都離婚後再結婚。誰知道那個男人移民到美國後住不慣，便又溜回妻子身邊。這個股市的大姐大一氣之下也跑回深圳，揚言如果他不跟她回美國，就要殺他全家。男人想想乾脆一不做二不休，先下手爲強，就先將她殺了。最後還是這個女人的丈夫發現妻子回來後便失去音訊，才報警的。」

「聽起來眞像是奇情小說。股市會救人也會害人了？」

「可不是嗎！尤其是做了股票之後，很多人覺得賺錢太容易了，就不想做別的事了，因爲要賺其他的錢都是一分努力一分收穫，實在太慢了！」

初雲很想問他自己的想法如何，但是電影已經開演了，便專心地看起電影來。基本上的故事與周瑞銘說的差不多，一個心碎的老富婆教自己的姪女如何去恨男人，這個年輕女孩長大後果然成爲冷血的富家女，將童年時的玩伴玩弄於股掌之中。這個有天賦的男孩子長大後一天收到一筆巨款，讓他在紐約一展長才。他果然一舉成名，變成一個富有的畫家，而他心中一直以爲是那個富家女給他的金錢與機會。最後富家女嫁給另一個有錢人，他才發現原來是自己童年時所救起的一名逃犯給他所有的資助。心碎的他終於離開了傷心地⋯

看完電影後，蘇本均邀她到對街的咖啡屋小坐一下。

「或許金錢眞的能腐化人吧！當初他以爲是富家女資助他，後來才發現卻是曾經是囚犯的故人；而他在紐約成名之後，對自己的叔叔也置之不理。難道人眞的逃不過金錢的試煉？」初雲感慨地說。

「世間唯有名跟利看不破，就算看破了，還有個美人關難過呀！」

「你還眞像個道學先生呢！」

「不！我眞的覺得如果這三點都看破了，人生自然瀟灑快意起來！」

「可是有多少人能做到呢！」

兩人閒聊一陣子便分手了。初雲朝公車站走去，黃昏的夕陽有如突然寄來的明信片灑在她身上，透明而清晰，她的心情莫名地開朗起來，好像一團迷霧離開了她。

回到家之後，她打開信箱，倒眞的看到雅如寄來的名信片，上面寫著：

「雖然電話中已經報過平安，但是還想告訴妳們一些『秘辛』，就寫信好了。

我和盧明威又開始來往啦！他說那段時期我不在他身邊，他覺得非常寂寞，很需要伴。那個大陸女孩對他又百依百順的，自然讓他心猿意馬了。現在一切都解決了—有好消息再通知妳們。」

初雲放下電話，心中卻七上八下。她覺得事情沒那麼簡單，卻也無可奈何。何況她自己的問題都解決不了，那還有心情顧到妹妹呢！

正在胡思亂想之間，碧月竟然回家了。

「大姐，今天怎麼那麼早回來？」初雲好奇地問。

「王家聘說他今天得加班，沒法陪我，妳想會不會是他的藉口？」

初雲第一次看到碧月忐忑不安的模樣，便安慰她說：「不會吧！你們最近天天在一起，他搞不好擔誤了許多公事呢！給他一點時間嘛！對了，雅如來信了。」

初雲將明信片交給碧月，碧月看完後說：「我看內情一定沒那麼簡單。天蠍座的人有時會跟一個人死纏下去，倒不見得眞的愛他，有時反而是在爭強好勝，最後愛跟恨交織在一起，倒顯得眞的難分難捨了。」

「那該怎麼辦呢？」

「遠水救不了近火，只有看她自己的造化了。」

「大姐，我今天接到一通電話，很奇怪的一個女人警告我不要和有婦之夫來往，但是我根本沒有呀！」

「哦？」碧月聽她說便也警覺起來，「會不會是妳最近常來往的那個台中地主之類的傢伙有問題？」

「不會呀！我去過他家，也沒聽他有老婆之類的事嘛！」

「還是小心一點的好！」

碧月說著逕自去洗澡了，初雲悶悶不樂的看起電視來。

過了一陣子，秋菊回來，姐妹倆閒聊了一陣子，突然電話鈴聲響了。初雲接起電話，喂了半天卻沒人接聽，她很氣憤地放下電話。心想這簡直像是查勤電話，某個女人的丈夫走失了，妻子就打電話到可疑的女人家中，看她在不在家。如果她在家，表示自己的丈夫是跟另外一個女人在一起，如此一個個清查下去，自然能水落石出。初雲很不齒這種行爲，但也爲那不知名的女人感到悲哀。

碧月洗完澡便和妹妹們一起看著電視，電話又響了。初雲叫著：「姐，不要接，一定又是無聊女人打來的騷擾電話！」

碧月卻已經接起來了：「喂——哦！是你呀！我還以爲是誰呢！」

她說著握著聽筒，小聲地對初雲說：「別緊張，是王家聘打來的。」

然後她又對著聽筒說：「什麼？你現在要過來一好啊！我等你！」

碧月放下電話立刻衝到房中化妝打扮，兩姐妹從沒看過碧月如此神經兮兮，不禁相視而笑。看起來戀愛眞的能徹底改變一個人呢！

愛情像是巧克力盒上的味道般不能持久

兩個星期的時間總算過去了，初雲幫著碧月算時間，同時打算今天晚上回家就要問她到底結果如何？

不過桌上堆得滿滿的文件又讓她喘不過氣來了。在新人還沒上任之前，她和純美得負擔所有的工作，寫宣傳稿，聯絡媒體，開記者會的，各種工作都集中在一起，她和純美都有些吃不消了。

有一次純美偷偷跟她說：「工作量實在太大了，我都有點做不下去了！」

「拜託！要死也大家一起死好不好？我的案子還沒完，也走不了！妳多忍耐一下嘛！我們催瑪妮找人好不好！」

沒想到當天下午瑪妮就帶了一個新人咪咪進來。咪咪原來是要應徵麥奇廣告業務的工作，戴成原知道瑪妮缺人手，就將她轉過來了。

看起來戴成原對美奇公司影響力不小呢！

咪咪果然十分能幹，立刻接起當初蓓蓓留下來的工作，表現得有聲有色，讓人刮目相看。

純美和初雲都鬆了口氣，至少她們可以有點空間構思新案子或胡思亂想了。

咪咪來上班沒多久，初雲就發現她的外務其實很多。雖然她的工作都能如期的交待過去，自己能力也不錯，但她總像是少了根筋或怎麼回事，不能很積極主動的開發新案子或計劃新的點子。

有一天午餐時刻，咪咪和她們一塊吃午餐，聊起男朋友的事。咪咪看看自己修飾得美美的鮮紅指甲說：「我覺得一個男人能讓我愛十年，就已經很愛很愛他了。」

「妳現在有男朋友嗎？」純美問她。

咪咪聳聳肩說：「算是有啦！不過他有老婆，我也沒辦法。」

「哦？妳不怕他老婆找麻煩？」初雲問道。

「他都不怕了，我怕什麼？」

「你們在一起很久了嗎？」

「快十年了！」

「老天！妳家人不知道嗎？」

「嗯，不是很清楚。不過我也常去相親就是了，但是就是沒有中意的對象。」

「很難想像和另一個女人分享丈夫的感覺。」純美拙拙地說。

咪咪卻大方地說：「其實也沒那麼嚴重，說不定那一天我就和他分手了。」

說著她從皮包中拿出一盒巧克力給大家吃。

她拿起盒蓋聞聞，然後說：「愛情就像染了巧克力味道的盒子，一點也不能持久。」

咪咪雖然說得瀟灑，但初雲想到她的那段戀情已經持續了十年之久，口中巧克力的滋味竟然也有些苦澀了。

那天下班時，林端易打電話來約初雲見面。她正想查證一些事便爽快地答應了。林端易還是十分瀟灑迷人，手中捧著一束粉紅的玫瑰站在樓下等她。

初雲接過玫瑰花，嗅著清雅的花香，突然覺得自己是白雪公主，一定有辦法拯救落難的王子的。

林端易帶她吃了美味的牛排，又帶她到自己住的中山北路的一棟漂亮的房子中喝他親手調的酒。就在兩情繾綣之際，突然電話鈴響了，林端易卻充耳不聞，任電話響下去。

如此三番兩次，初雲感到很不安，等電話再響時，她忍不住說了：「端易，你為什麼不接電話呢？」

「沒關係，不重要的。」

「可是電話一直響也很難過不是嗎？你去接嘛！我到別的房間去。」

電話還在響，林端易無奈，起身接了電話。只聽到他說：「喂⋯沒時間⋯⋯以後再說⋯⋯」

電話就掛斷了。初雲心知有事，但她不想那麼掃興，何況誰沒有過去呢？如果每件事都要調查清楚，不如去做偵探，不要談戀愛了。

不過顯然林端易的心情也受到打擾，他穿好衣服便送初雲回家了。

初雲回到家時，碧月已經在家了。初雲立刻問她：「大姐，妳知道今天是星期幾嗎？」

「我知道，兩個星期已經到了。告訴妳吧！王家聘在我們第三次約會時就向我求婚了，但我要釣釣他味口，看他是否眞心誠意。所以我說兩星期後再給他回答。今天他已經知道答案了，我們要先訂婚，年底前結婚！」

「哇！大姐！恭喜妳！妳眞的成功了！找到金龜婿了！」

碧月反而沒她那麼興奮，冷靜地說：「其實我已經了解了，一個男人有錢或沒有錢並不重要，重要的是他是不是眞正的愛妳。」

「但是如果他有錢不是更好嗎？」

初雲說得碧月也笑了，兩人瘋成一團。就在這時候電話又響了，初雲心中有一種預感，立刻衝到電話旁邊，接起電話來，還是那個台灣國語的聲音：「妳這不要臉的賤女人！告訴妳不要跟有婦之夫來往，妳不聽！小心我給妳潑硫酸……」

「喂喂喂！妳是誰呀？有種大家見面談，不要鬼鬼祟祟的…」

她的話還沒有講完，電話便掛斷了。

初雲全身發抖，不知如何是好！碧月走過來，摟著她說：「如果這個男人是個惹禍精，還是早點斷掉的好。」

有隻酷似妳神情的貓擺在櫥窗裡出售

初雲到辦公室時已經遲到了。她有點不好意思，低著頭走到自己的座位。幸好瑪妮不在，只有純美和咪咪兩人在工作。初雲抱歉地說：「今天起來太晚了，趕不上公車。」

「算是妳運氣好，瑪妮打電話來說她昨天晚上又失眠了，今天要休息一天。」純美說。

「瑪妮給自己的壓力太大了，這樣日子怎麼過得下去？」咪咪皺皺眉說。

初雲整理了一下桌子，看到一個留言，是劉相誼打來的電話。她回了電話，卻沒找到他。於是她專心地工作起來。過了沒多久，劉相誼打電話來了。

「找我有事嗎？關於服裝跟模特兒的進度我已經通知你的秘書了⋯⋯」

「我不是要跟妳談公事的。昨天我到台北，本來要找妳的，結果妳不在。後來我在忠孝東路亂逛，看到一隻神情很像妳的貓擺在櫥窗裡出售，我就買了下來，想送給妳。」

初雲笑了：「想不到你也有浪漫的時候。你什麼時候有空再來嘛！」

「今天晚上如何？有空嗎？」

聽出劉相誼小心翼翼的聲調，初雲已經猜出他在想什麼了，她故意地說：「要見你一定有空。到了台北就打電話來吧！」

劉相誼在接近下班時分打來了電話，於是初雲和他約在國父紀念館前的漢堡店見面。那個地方離她辦公室不太遠也不太近，等她走到時，已經看到劉相誼一個人傻傻的站在那兒了。

初雲帶他到附近的一家泰式餐廳吃飯，然後再去喝茶。在吃茶店坐定之後，劉相誼拿出一個白色的紙盒遞給她。初雲打開盒子，看到裡面是一隻純白的瓷貓，瘦瘦長長的身體坐在那兒，看得出來眼神帶笑，一副很驕傲的樣子。初雲忍不住大笑：「這就是你心目中的我？」

「怎樣？妳不喜歡嗎？」

「喜歡，謝謝你。對了！有件事想問問你，林端易是不是已經結過婚了？」

「妳眞的那麼喜歡他嗎？」

「哎呀！這個不是重點。我喜歡他，也喜歡你，這樣可以吧？我要問的是正經事啦！告訴我嘛！」

「其實我也不太清楚。我本來以爲他沒結過婚，可是有次在喝酒時他接到一個電話，說是他老婆打來的，大家問他是眞是假，他也只是笑笑不說明清楚。後來我才聽說他很久以前是結過婚，但是好像夫妻關係處不好，兩人有沒有離婚我就不清楚了。怎麼了？該不是妳和他……」

「別胡思亂想了！那種曖昧不清的男人專門給人找麻煩，我可不想自討苦吃。」

這天晚上劉相誼很開心的回桃園去了，初雲嘴裡雖然說得很瀟灑，心裡其實還是有受傷的感覺。其實她也不知道爲何會有這種感覺？自始至終，林端易對她都是溫柔體貼的模樣，從沒讓她受過委屈，只因爲他有一段不爲人知的過去，或是只因爲他有一些不足爲人道的習慣，她就覺得受傷害了嗎？人的感情是不是眞的經不起試煉？

初雲意興闌珊地回到家中，什麼也不想說，什麼也不想做。她躺在床上胡思亂想著：「或許是因爲我覺得受到欺騙，才有受傷的感覺吧！」

她搖搖頭，翻了個身，又想著：「我就這樣認栽了？還是要去找他理論？對了！打電話給他！」

初雲翻身起來，衝到客廳要撥電話。她還沒走到電話旁邊，電話卻響了。

「初雲，我找了妳一整個晚上。」

林端易溫柔的聲音由電話那頭傳來，初雲深吸口氣說：「我有事，跟客戶開會去了。」

她也不知道自己爲什麼要對他說謊。

「我好想妳，能跟妳見個面嗎？」

「你在哪？」

「中山北路，妳來過的。我來接妳好不好？」

初雲遲疑了一下，正不知如何作答。突然電話那頭傳來嘈雜聲，然後便掛斷了。

初雲怔在電話旁邊，覺得自己像是被人耍弄了一番。

五分鐘後，電話鈴又響了，竟然又是那個奇怪的女人的聲音：「妳知不知道我剛剛才和他上過床？妳又想來搗亂了？」

初雲還來不及回話，電話就被截斷了。她頹然地坐在沙發上，腦袋一片空白。正好這時候碧月回來了，看她在發呆，就問她怎麼回事？她把剛剛接到的電話說出來。碧月皺皺眉頭說：「妳想怎麼樣呢？找他算帳？告他？還是找那個女的理論？」

「不知道。其實我已經清楚他一定有什麼隱情沒告訴我。」

初雲欲言又止，她沒有說出林端易吸毒的事，如果說出來，一定會被碧月修理一頓的。

「我的建議是這種男人趁早分手比較好。也不必再跟他見面談什麼了，明天我就裝一台答錄機，大不了換一個電話號碼。好了！不要傷神了，去睡吧！」

第二天醒來，初雲決定要做一個新人，換上一套碧月的衣服，當作是新衣服穿去上班了。

結果沒多久，林端易又打電話來了。初雲想想不跟他說清楚也不行，便接了電話：「我最近要忙發表會的事了，你不要再打電話來了。」

「昨天眞的很抱歉——」

「算了！我不想聽了。我眞的在忙，不跟你說了。」

初雲掛斷電話，自己覺得開心，終於放下一件事了。但是五分鐘不到，她卻不由自主地撥起電話來，結果是忙線中，她猜想林端易大概在打電話給那個女人吧？他曾經說過他很怕獨處的，想到這一點，初雲就橫下心，不打電話了。

初雲正在猶豫當中，麥奇廣告的業務經理戴成原卻推門進來了。

「戴經理，怎麼不打個電話來？有事嗎？」瑪妮迎了上前。

「抱歉，總經理要我來看看這裡的辦公空間夠不夠，我就直接上來了，來不及通知妳一聲，眞抱歉！」

戴成原說著眼睛卻朝著初雲看。初雲低下頭，沒有開口。她覺得這不是她說話的場合，便假裝認眞工作。戴成原四處看看，又和瑪妮聊了幾句便走了。瑪妮回到自己的座位，也沒說什麼，但是臉色顯然很凝重，好像有什麼不開心的事。

中午休息時間，咪咪偷偷告訴她們：「妳們知道早上戴經理來做什麼嗎？」

「做什麼？」純美問道。

「他來巡視辦公室的呀！我聽麥奇的人說他已經又高陞了，現在連我們公司也歸他管呢！」

「什麼？那瑪妮不是要氣死了嗎？」初雲不禁也好奇起來了。

「沒辦法。誰叫她身體出狀況，三天兩頭的請假，再能幹身體垮了又有什麼用？」

「可憐的瑪妮！」初雲喃喃地說。

「我還聽說瑪妮好像有意思要辭職，到時不知會派誰來接她的位子呢！」

「只要不是個專找麻煩的傢伙就行了。」初雲說道，「這個工作也不輕鬆，如果老闆愛挑剔，就很難做下去了。」

初雲想到工作與愛情都不容易應付，心中不禁百感交集。

什麼都沒發生過，什麼事都別承認

香水發表會終於如期展開。會場中依照初雲的構想，到處都擺滿了粉紅色的玫瑰。她口口聲聲說是要配合香水瓶的色澤，但眞正的理由卻只有她自己知道。

會場中擠滿了人。她所邀請的名人、貴賓、媒體記者全都到齊了。一切都就緒後，她躲到聽眾席中休息一下，沒想到才一坐下，就有個人過來捱著她坐下來。她正在想這個人怎麼那麼愛擠，還有位子不是嗎？轉過頭去，卻看到范存文對著她笑：「好久不見。」

初雲也笑了：「眞是的，我還以爲是那個冒失鬼。」

「妳越來越美了。」

范存文說著還握了她的手一下。初雲有點緊張，想挪開一點。范存文笑著說：「別緊張，什麼都沒發生過，什麼事都別承認，這樣就好。」

初雲抿著嘴笑：「你的意思是，這就是你的戀愛哲學？」

「其實每個相愛過的男女不過是個共謀者而已，高興就在一起，分手後也不要變得畏首畏尾的樣子，當作什麼都沒發生過，誰也沒聽到，誰也沒想過，只是順其自然的活下去吧！」

「你別鬧了！我的老闆來了，待會兒再跟你聊。」

初雲看到戴成原走向她，爲了避免尷尬，便先起身向他走去。戴成原很高興地摟著她的肩說：「初雲，恭喜妳了！發表會非常成功！我要先告訴妳一個好消息，老總很欣賞妳的表現，剛才已經跟我說是要讓妳升官了。」

「升官？升什麼官？聽不懂。」

「哦！原來妳不知道呀？總公司決定將美奇公關歸併到體制內，瑪妮因爲不喜歡這個決定，又加上身體不好，已經決定退出了。原本公司要我兼著帶這個部門，但是我不想把自己累死，而且妳表現得很傑出，所以我大力推薦妳，老闆也同意了。下個星期一他就要跟妳開會呢！」

初雲聽得一愣一愣的，戴成原卻忙著和前來參加的業者打招呼去了。初雲還呆在原地發愣，有點想不清楚是怎麼回事。就在這時候，她聽到身後有兩個女人在說悄悄話：「妳看，那就是李初雲。聽說美奇公關馬上要由她負責了。這年頭，長得漂亮就是有用。」

初雲想轉過頭去看是誰那麼無聊，但是想想又算了。她決定要找個清靜的角落躲一躲。看到會場左邊有個陰暗的角落，正好排了一整排的玫瑰花，於是她便躲進花叢中。但是不知道為什麼，她卻有點不安的感覺。她轉轉頭，看到一雙黑亮的眼睛在看著她。原來這個角落已經站了一個人，而她的高跟鞋正好壓在他皮鞋上。

「對不起，踩到你了。」

「沒關係。我是水瓶座的，很能接受出乎意料的事。」那個意態瀟灑的男人說著。

「哦！我也是水瓶座的。不過我沒想過這一點。」

初雲還想再和他聊聊，卻聽到劉相誼急著找她，於是她匆匆離開了玫瑰花叢的角落。

「初雲，妳在這裡。我想跟妳商量一件事，我的客戶要加量，但要我提出促銷的計劃⋯⋯」

初雲看著眼前的這個男人，心中有千百種奇思異想在轉動著。

「我們星期一再談好嗎？現在我頭腦一片混亂，理不出思緒來。請你再打電話給我。」

正好這時另外一堆客人來找劉相誼，於是他們兩個又分散了。初雲的心情不知道爲什麼有些落寞，但她知道不能走，得撐到落幕才行。

初雲回到家後，躺在沙發上動彈不得。秋菊看她累成這樣不禁笑著說：

「拜託，妳是每個月賺幾百萬？要賣命呀？」

「二姊，妳在家呀？」

「嗯，我下星期要出國了。從今天開始請假。」

「什麼？妳要走了？去哪裡？」

「去英國唸書，留職停薪半年。」

「眞的？好羨慕妳。哇！全家只剩下我一個人了。雅如去了大陸，大姐結婚，妳去英國，剩下我一個人好無聊。」

「對了！雅如今天來信了。」

初雲接過秋菊手中的信，打開來看：「告訴妳們，昨天發生了一件大事。我才上班，就聽到對面盧明威公司一陣大吵大鬧，後來連公安都來了。原來是那個女人又來騷擾盧明威了。但是我不怕她，反正我有本事跟他們耗下去…」

姊妹倆對看一眼，秋菊搖搖頭說：「我看雅如這輩子欠著盧明威，她是來還債的。」

初雲聽了一陣心驚。她想起自己的事，想起那些自己不懂得去愛的男人，想起那些沒有好好把握的機會，想起那些溜走的幸福，不禁黯然神傷了。

星期一早上，初雲帶著要赴一場約會的心情去上班。她覺得只有這樣想才能使她的精神振奮起來。到了辦公室不久，戴成原就打電話來找她了。她整理一下衣服，便在純美及咪咪的豔羨目光下，到隔壁的麥奇廣告公司去了。

戴成原笑臉迎人地將她帶到一間清雅的會議室，又出去為她倒水。門開了，一個高高瘦瘦的男人走進來了，初雲愣住了，過一陣子才說：「你不是那個水瓶座的男人嗎？怎麼會在這裡？」

「我不是說過我很喜歡出乎意料的事嗎？」

「什麼意思？」

這個男人還來不及回答，門開了，戴成原端著水走進來說：「初雲，幫妳介紹一下，這是我們總經理，羅卓廉總經理，台北最有身價的單身男人之一。」

初雲有點不知所措。羅卓廉意味深長地說：「我很早就認識初雲了，只是她不認識我而已。不過一切重新開始都還來得及。」

尾聲

有一些故事像秋天的美麗童話，讓人不忍就此離去。

大姊碧月在舊曆年前終於與在美商公司擔任高級主管的王家聘完婚。獅子座的她將婚禮舉辦得極爲華麗，讓每個來參加的人都有一台用過即丟的照相機，可以照下自己最愛的畫面。雖然初雲批評她不懂得環保，但獅子座的人就是需要一個舞台的。

二姊秋菊在英國唸了半年書又回到台北，繼續工作。回台北之後，她與相愛卻分手的大學時代男友彭文富再度復合，山羊座的她對愛情執著，但卻還是無法確定自己是否與彭文富結婚。

四妹雅如到大陸創業，成績斐然。天蠍座的她與盧明威仍然分分合合，顯然盧明威無法確定他眞正愛的是哪個女人，或者說大陸及台灣的兩個女人他都愛？

只有三妹初雲遵從母訓，眞正嫁給了一個有錢人，麥奇廣告的老板也是富家子弟的羅卓廉。兩個都是水瓶座的人在一起有一個問題，就是每天上床時必需要討論一下誰睡哪一邊的問題。

李志剛與陳滿香老夫老妻在孩子都出國、嫁人之後，又搬回台北的家。滿香還是時常抱怨丈夫的不爭氣，不會賺錢。李志剛則將她的嘮叨當作一首愛之歌來聽。他們等待的眷村改建到現在還是無聲無息。

國家圖書館出版品預行編目資料

不婚年代的戀愛哲學 = Marriage Is Uncool ? /
朱衣著.-- 初版.-- 臺北市：大塊文化,
1999 [民 88]
面；　公分. -- (catch系列：22)
ISBN 957-8468-43-1 (平裝)

857.7　　88011490

117 台北市羅斯福路六段142巷20弄2-3號

廣 告 回 信
台灣北區郵政管理局登記證
北台字第10227號

大塊文化出版股份有限公司 收

地址：______市／縣______鄉／鎮／市／區________路／街______段_____巷

______弄______號______樓

姓名：

大塊 LOCUS 文化

編號：CA 22	書名：不婚年代的戀愛哲學

請沿虛線撕下後對折裝訂寄回，謝謝！

讀者回函卡

謝謝您購買這本書，爲了加強對您的服務，請您詳細填寫本卡各欄，寄回大塊出版（免附回郵）即可不定期收到本公司最新的出版資訊，並享受我們提供的各種優待。

姓名：________________ **身分證字號**：________________

住址：________________________________

聯絡電話：(O)________________ (H)________________

出生日期：________年______月______日

學歷：1.□高中及高中以下 2.□專科與大學 3.□研究所以上

職業：1.□學生 2.□資訊業 3.□工 4.□商 5.□服務業 6.□軍警公教
7.□自由業及專業 8.□其他________

從何處得知本書：1.□逛書店 2.□報紙廣告 3.□雜誌廣告 4.□新聞報導
5.□親友介紹 6.□公車廣告 7.□廣播節目8.□書訊 9.□廣告信函
10.□其他____________

您購買過我們那些系列的書：
1.□Touch系列 2.□Mark系列 3.□Smile系列 4.□catch系列

閱讀嗜好：
1.□財經 2.□企管 3.□心理 4.□勵志 5.□社會人文 6.□自然科學
7.□傳記 8.□音樂藝術 9.□文學 10.□保健 11.□漫畫 12.□其他______________

對我們的建議：________________________________

____

____

LOCUS

LOCUS

LOCUS

LOCUS